우주에서 온 소녀의

21세기

암
행
어
사

2

우주에서 온 **21세기 암행어사 ❷**

발행일	2023년 1월 20일

지은이	김으겸		
펴낸이	손형국		
펴낸곳	(주)북랩		
편집인	선일영	편집	정두철, 배진용, 김현아, 윤용민, 김가람, 김부경
디자인	이현수, 김민하, 김영주, 안유경	제작	박기성, 황동현, 구성우, 권태련
마케팅	김회란, 박진관		
출판등록	2004. 12. 1(제2012-000051호)		
주소	서울특별시 금천구 가산디지털 1로 168, 우림라이온스밸리 B동 B113~114호, C동 B101호		
홈페이지	www.book.co.kr		
전화번호	(02)2026-5777	팩스	(02)3159-9637

ISBN	979-11-6836-669-5 04810 (종이책)	979-11-6836-659-6 04810 (세트)
ISBN	979-11-6836-670-1 05810 (전자책	

(주)북랩 성공출판의 파트너

북랩 홈페이지와 패밀리 사이트에서 다양한 출판 솔루션을 만나 보세요!

홈페이지 book.co.kr • **블로그** blog.naver.com/essaybook • **출판문의** book@book.co.kr

---

작가 연락처 문의 ▶ ask.book.co.kr

작가 연락처는 개인정보이므로 북랩에서 알려드릴 수 없습니다.

김으겸
판타지
장편 소설

❷ 우주에서 온 소녀

우주에서 온 소녀의

21세기

암행어사

②

📖 북랩

목차

제2장

선녀 이야기

홀쩍홀쩍.

영미가 눈물을 뚝뚝 흘리며 울고 있다.

"이봐 아가씨. 무슨 일이 있었어? 그 바다엔 왜 갔고?"

경비정에서 군인들이 빙 둘러서서 영미에게 묻고 있는데 영미는 울기만 한다.

"혼자 그 바다엔 어떻게 갔어?"

"아까 보니 수영을 잘하던데? 어디 살아?"

"설마 수영하면서 거기까지 간 건 아니지?"

다들 한마디씩 묻는다.

"무서웠어요. 홀쩍. 상어들이 막 쫓아 와서. 도망치느라. 홀쩍."

영미는 지금 자신의 정체를 숨기려 연기를 하는 것이다.

"상어. 맞아, 아까 상어 떼가 지나갔지. 어디서 그렇게 많은 상어가 나타났지."

"일본 놈들은 왜 바다에 떨어져 죽고."

"우리가 가니까 도망치다가 떨어졌겠지. 꽁지가 빠져라 도망치는 꼴이란. 하하……."

"아무리 그래도 일본 애들 많이 빠져 죽은 것 같던데. 시체라도 건져줘야 하는 것 아니야?"

"이미 상어 밥이 됐을 텐데 뭘."

군인들이 각자 한마디씩 했다.

"홀쩍. 저 배고파요."

영미가 지금의 관심 상황에서 벗어나려고 한마디 했다.

"응. 그래. 이리 와."

군인 하나가 영미를 데리고 경비정 식당으로 갔다. 관심 상황을 벗어나려고 했는데 우르르 군인들이 모두 식당으로 따라왔다.

"너 몇 살이니?"

"어느 학교 다녀?"

"고등학생이지?"

이젠 더 관심을 갖는다.

"저 이제 16살이에요. 학교는 서울이에요."

영미가 가야 할 곳이 서울이다. 서울에 지금 태자 강철이 있기 때문이다.

"오. 서울에서 여긴 무슨 일로."

"그것도 혼자서 그 먼바다에?"

다시 관심을 갖는 군인들 이 관심과 질문을 벗어나야 했다.

"친구들이 저를 바다에 버리고 갔어요. 홀쩍. 제가 바다에 떨어진 줄 모르고. 홀쩍."

영미는 아는 지식을 다 동원해서 연기를 했다.

"아하. 아까 지나간 여객선에서 떨어졌구나?"

"어쩌다가?"

"쯧쯧······."

군인들은 그렇게 믿고 있었다.

"네, 네. 홀쩍."

영미는 다시 눈물을 뚝뚝 흘렸다.

"괜찮아 이제 오빠들이 있으니. 독도에 도착하면 대장님께 말씀드리고 오빠들이 울릉도까지 데려다줄게."

"그래. 어서 배고픈데 먹어."

"울릉도 가면 연락선이 있을 거야."

"그래. 그래. 서둘러야겠다. 연락선 끊기면 안 되니깐."

"괜찮아. 연락선 끊기면 오빠가 아는 집에 재워줄게."

다들 또 한마디씩 했다.

"네, 고마워요. 훌쩍."

영미는 밥을 먹으면서도 눈물을 뚝뚝 흘리고 있는 모습에 모든 군인들이 영미를 보호해주고 싶은 마음이 들고 있었다. 영미는 바로 그걸 노리고 연기를 하고 있었던 것이다.

"헤헤…… 내일까지는 울릉도에서 잘 놀면서 맛있는 거나 많이 얻어먹고 가야지."

그게 영미의 속마음이었다.

"오빠는 장태수라고 해."

"오빠 오민혁이야."

"오빠 유정환."

갑자기 군인들이 자기소개를 하기 시작했다.

"너? 핸드폰 있니?"

군인 하나가 영미에게 물었다. 다들 관심을 갖고 그 질문에 답을 기다리는 눈치다.

"핸드폰? 아하 바다에 빠뜨렸어요. 다시 사야죠. 번호도 바꾸고."

영미가 지구 특히 한국의 문화를 생각하며 대답을 하고 있었다.

"오빠가 울릉도 도착하면 하나 사줄게."

"아니야 오빠가 사줄게."

갑자기 핸드폰을 사주겠다는 군인이 둘이나 생겼다.

'호오…… 핸드폰이라. 그게 통신 수단이라고 했지. 좋아 하나 들고 다니지 뭐. 그러려면 이 영미님 신분을 어찌할까. 흠. 하나 만들어야 겠다. 한국인 신분으로 헤헤…… 그래야 자유롭게 돌아다니지. 좋아, 내 주소지를 독도로 하지 뭐. 아니지, 울릉도에 도착하면 울릉도에 사는 것으로 해야지.'

영미는 혼자 그렇게 여유롭게 생각하며 겉으로는 눈물을 뚝뚝 흘리고 있었다.

2033년 지구 이야기

"뭐라고? 우리 국영이가 조그만 여자아이를 만나고 있다고? 애인인가? 사귀는 것이야?"

회장 장태진이 호기심이 가득한 표정으로 보고를 하는 비서에게 물었다.

장국영의 주변을 감시하라는 회장의 명을 받고 늘 장국영의 주변을 감시하던 비서가 수민이와 만나는 모든 과정을 보고를 하고 있는 것이다.

"아닙니다! 오늘 처음 만난 여학생입니다."

40대 비서는 회장 장태진 앞에 부동자세로 서서 말했다.

"뭐? 학생? 대학생인가?"

"아닙니다! 고등학생으로 보였습니다. 무척 키가 작고 눈이 큰 귀여운 학생입니다."

"그래? 자세히 이야기해 봐."

"네! 도련님이 오늘 경호원 2명을 대동하고 여행을 떠나고 있었습니다. 아파트촌에서 아기를 태운 유모차가 빠른 속도로 도로에 굴러와 도련님 차는 미처 발견을 못했던 모양입니다. 다행히 어느 여학생이 도로에 뛰어들어 어린 아기를 구했는데, 뒤늦게 여학생을 발견한 도련님 경호원이 차를 세우고 여학생에게 욕을 했고, 여학생이 욕을 했다고 경호원 입을 때렸습니다."

"자…… 잠깐! 여학생이 경호원을 때렸다고? 그래서 그냥 맞았나? 경호원이?"

"네! 경호원이 화가 나서 여학생을 때리려고 했지만 여학생이 얼마나 빠른지 요리조리 피하며 경호원이 언어맞고 말았습니다."

"뭐라고? 여학생이? 키도 작고 어리다며?"

"네! 키가 무척 작고요 나이를 많이 봐야 15~16살 정도고요. 너무도 치기 어린 귀여운 모습의 학생입니다만, 무척 매섭더군요."

"그래? 경호원이 둘이라고 했지?"

"네! 나중에 나머지 한 명이 내려서 둘이 여학생에게 덤볐지만 역시 가지고 놀더군요."

"가지고 놀았다? 여학생이 두 경호원을? 그놈들 무술 유단자에다가 폭력배들 아닌가?"

"네! 도련님에게 빌붙어 있는 조폭들의 서열로 치면 아마도 3~4위에 속할 겁니다. 그런 그들 둘을 마치 어린아이 다루듯 하는 것을 보면 그 여학생은 아마도 엄청난 무술을 배운 고수라고 생각합니다."

"그래? 내일은 그 아이를 내게 데려오게."

"네? 내일부터 도련님이 방과 후 자신에게 와서 알바를 하라고 했는데요?"

"녀석에게 가기 전에 나에게 먼저 데려와. 몇 시에 학교 수업이 끝나지?"

"알아보겠습니다."

"그래! 알아보고 반드시 내게 데려오도록! 아니야. 그 녀석과 약속을 내일로 미루고 내게 먼저 시간을 좀 내달라고 부탁해봐."

"부탁이라니요? 그냥 데려오면 되지."

"무슨 소리야? 정중하게 부탁을 해. 경거망동하지 말고."

"네! 알겠습니다!"

"나가봐."

비서는 꾸뻑 인사를 하고 조용히 물러갔다.

장태진 회장은 입가에 회심의 미소를 지었다.

며칠 전 자신에게 늘 아쉬운 소리를 하던 검사가 고민을 하던 내용이 생각이 난 것이다.

"요즘 고민입니다! 세계적인 살인청부업자 요녀가 요즘 활개를 치고 다니는데 아직 그림자도 발견 못했는데…… 국제적인 소녀 살수가 한국에 들어 왔다는 정보가 있어 죽겠습니다."

그 검사가 털어놓은 속내다.

돈 몇 푼 얻으려고 떠드는 소리로 들었는데…….

폭력배 둘을 아기 다루듯 가지고 놀았다는 소녀가 왠지 그냥 지나치기엔 장태진의 호기심을 너무도 자극하고 있었다.

"그래! 그 검사 녀석이 말 한 그 소녀 살수가 아니라 해도 어떠냐. 어쩌면 희망이 보일지도…… 휴……!"

장태진 회장이 갑자기 길게 한숨을 쉰다.

무슨 말 못할 고민이라도 있는 것처럼.

다음날.

예원예고.

수민이가 헨리를 데리고 막 학교 정문을 들어가는데.

강풍이 몇 발자국 앞에서 걸어간다.

"늦었다! 뛰자!"

수민이가 헨리 손을 잡고 뛰기 시작했다.

아기 때 헤어지고 첫 만남.

수민이가 강풍을 알아볼 리 만무하다. 강풍 역시 수민이를 알아볼 리 없다.

둘의 첫 만남은 그렇게 스치듯 지나치고 말았다.

아련한 기억 속의 오빠. 강풍을 찾으러 한국에 온 수민이는 지금 막 그 기억 속의 오빠 강풍 옆을 스쳐 지나가고 있었다.

"너 오늘은 잘해. 꼭 저녁 먹는 물에 수면제를 타. 많이."

윤지가 뛰어가는 수민이를 바라보며 표독스럽게 말했다.

"알았어. 오늘은 실수 안 할게."

동희가 손에 들고 있는 수면제를 보며 말했다.

첫 교시.

묘하게도 헨리는 수민이와 같은 반에 편입되었다.

"나 스미스 헨리라고 해! 앞으로 잘 부탁한다."

헨리가 담임선생님 손을 잡고 들어와 학생들에게 인사를 했다.

"헨리는 터키에서 어제 왔고 수민이 동생이라고 한다. 앞으로 친하
게 지내도록!"

담임 황갑수 선생은 확성기답게 교실이 떠나갈 듯 큰 목소리로 헨리
를 소개했다.

"수민이 동생이라면 나이가?"

동안에 귀여운 여학생 아름이가 두 눈을 반짝이며 물었다.

"같은 반이면 됐지, 나이가 뭐 중요해?"

헨리가 나이를 밝히기 싫은 모양이다.

"야아! 그래도 나이는 알아야지. 누나하고도 친구 동생하고도 친구
그럴 수는 없잖아. 나이가 무척 어린 것 같은데?"

이번엔 윤혁이가 헨리는 나이를 밝히고 들어와야지, 그냥은 못 들어
온다는 투다.

많은 아이들이 윤혁의 말에 동의를 하며 맞아! 맞아! 하고 외친다.

헨리가 쑥스럽다는 듯 머리를 긁적인다.

"헨리는 수민이보다 2살 어리다. 그러나 이미 박사학위를 3개나 취
득한 천재다."

담임선생 목소리가 큼직하게 들렸다.

아이들은 입을 크게 벌리고 다물 줄을 모른다.

"와아! 정말? 정말이에요?"

믿을 수 없다는 표정들이다.

"맞아! 우리 헨리는 이미 3개 박사 학위를 취득했어. 한국 문화를 배우려고 한국에 온 거야. 다들 친하게 지내. 부탁할게."

수민이가 일어나 말했다.

"와아!"

학생들은 함성을 지르며 박수를 쳤다.

부러운 눈으로 헨리를 쳐다보기도 하고 호기심이 가득한 눈으로 쳐다보는 아이도 있고. 못마땅한 눈들도 있었다.

1교시가 끝나고.

고릴라라 부르는 김훈 선생이 수민이를 찾아왔다.

"수민이 잠깐 따라와라!"

"네!"

수민이는 고분고분 김훈 선생을 따라나섰다.

"무슨 일이지? 왜 그래?"

학생들이 심각한 표정들로 수군거렸다.

헨리도 불안한 표정으로 김훈 선생을 따라가는 수민이를 바라보는데.

살짝 고개를 돌린 수민이가 헨리를 보고 방긋 웃어주는 것이 아닌가.

"걱정 마! 아마 좋은 일이 있을 거야!"

수민이는 표정으로 그렇게 말하고 있었다.

헨리와 수민이는 서로 표정만 봐도 알아듣는다.

헨리 표정이 밝아졌다.

"야아! 네가 수민이 동생이라고? 그런데 왜 이름이 넌 스미스 헨리야? 수민이는 왜 안 수민이고?"

우르르 몰려온 학생들이 누가 먼저랄 것도 없이 그 질문부터 했다.

"너? 정말 박사 학위가 3개나 돼? 무슨, 무슨 박사야?"

헨리가 대답도 하기 전에 다시 이어지는 질문들.

헨리는 금방 학생들에게 파묻혔다.

"과학, 수학, 전자공학 이렇게 3개……. 음! 그리고 누나는 한국 이름을 고집해서 그렇고 난 월드로 이름을 지었지. 흐흐……."

헨리가 하나씩 대답을 하기 시작했다.

그사이 동희는 수민이 마시는 물병을 열고 그 안에 수면제를 탔다.

동희가 수면제를 탄 물병을 수민이 책상에 놓고 사라지자 누군가 그 물병을 들고 어디론가 사라졌다.

교무실.

지성미 넘치는 미모의 아주머니가 한 분 앉아 있었다.

김훈 선생은 수민이를 그 아주머니 앞으로 데려갔다.

"인사드려! 우리 학교에 많은 도움을 주시는 분이시다. 너에게 하실 말씀이 있단다."

"안녕하세요? 안 수민입니다."

수민이가 꾸벅 인사를 했다.

"반가워요! 앉아요."

아주머니는 앞 의자를 가리켰다.

수민이가 자리에 앉자. 아주머니는 김훈 선생을 쳐다보며 수고했다는 표정을 보냈다.

그것은 자리를 비켜 달라는 뜻이기도 했다.

김훈 선생이 눈치 빠르게 얼른 자리를 비켜줬다.

"우리 회장님께서 학교 수업이 끝나는 대로 만났으면 하시네요. 어때요? 시간을 좀 내주시겠어요?"

아주머니가 최대한 예의를 갖춰서 말했다.

"오늘 선약이 있어서요. 회장님과의 약속은 내일로 하죠."

수민이가 딱 잘라 말했다.

"회장님께서 오늘 수민 양이 선약이 있다는 것을 아시고 그 선약을 취소하시고 좀 만나 주셨으면 하십니다."

"그렇다면 회장님이란 분과 만날 수 없겠네요."

수민이가 딱 잘라 말한다.

아주머니 표정이 바로 굳어졌다.

한마디로 수민이가 너무 당돌하다는 표정이다.

"이유가 뭐죠?"

아주머니는 감정을 억누르며 조용히 물었다.

"세상 살아가는데 가장 기본이 약속을 지키는 것이라고 배웠어요. 약속은 삶의 질서가 아닌가요? 그런 기본 질서를 무시하고 자기만 아는 그런 분이라면 만날 필요가 없다는 뜻입니다. 전 약속은 생명처럼 중요시하거든요. 그럼 이만 실례하겠습니다."

수민이가 똑소리 나게 한마디 하며 일어섰다.

"잠깐만요!"

일어서는 수민이를 아주머니가 붙잡았다.

수민이는 아주머니를 바라보며 엉거주춤 일어서려던 자세를 멈췄다.

"회장님 뜻이 아니었어요. 제가 전화를 한 번 해볼게요."

아주머니는 급히 핸드폰으로 전화를 하기 시작했다.

"아! 회장님! 수민 양이 약속은 중요하다고 내일 시간을 내면 어떠냐고 하십니다."

회장의 대답이 어떤 것인지 금방 전화를 끊었다.

"미안해요. 제가 너무 큰 실수를 했군요. 회장님께 꾸중만 들었네요. 그럼 수민 양 내일 시간을 좀 내주세요. 부탁드립니다."

아주머니가 일어서서 공손히 고개를 숙이며 말했다.

멀리서 지켜보던 선생들은 그 황당한 그림에 무척 놀란 표정들이다.

"알겠습니다. 내일 수업이 끝나는 대로 죄송하지만 제가 길을 모르니 절 데리러 와 주세요."

수민이도 공손히 인사를 하며 말했다.

"알겠습니다. 그럼!"

아주머니가 먼저 수민에게 인사를 하고 교무실을 나갔다.

교무실을 나가며 아주머니는 바라보는 선생들에게 일일이 인사를 했다.

아주머니가 나가고 선생들이 수민이를 이상한 표정으로 바라보며 하나둘 다가오자 수민이는 모른 채 시치미를 떼고 얼른 교무실을 나가버렸다.

"화장실이 급해서."

선생들이 막 뭐라 말을 하려는 것을 눈치챈 수민이가 먼저 말하며 입을 막아 버리고 얼른 나가버렸다.

"동희 너! 어젯밤에 뭘 하고 학교에서 잠자고 있어?"

동희는 잠을 자다가 고릴라 선생한테 혼났다.

"이상하네. 분명 수민이 물병에 수면제를 탔는데 왜 내가 마셨지?"

동희는 벌칙으로 화장실 청소를 하며 고개를 갸웃거렸다.

"수민아!"

수업이 끝나고 수민이와 함께 어울려 집에 가려던 만태와 윤혁은 이미 수민이가 보이지 않자 얼른 교실에서 뛰쳐나와 운동장과 학교 정문을 바라보았지만 수민이는 보이지 않았다.

그 시각 수민이는 장국영과 함께 승용차를 타고 어디론가 향하고 있었다.

"약속을 지켜줘서 고맙네! 친구!"

장국영이 환한 미소와 함께 수민이를 바라보며 말했다.

"고맙다? 당연한 것이 고맙다고? 이 친구! 약속을 잘 지키지 않을 친구 같네!"

수민이의 당돌한 말에 운전을 하던 장국영 부하가 발끈 화를 냈다.

"너무 당돌하군!"

짝…….

운전을 하던 장국영 부하의 발끈한 말투에 장국영의 손이 따귀를 후려쳤다.

"너! 차 세우고 당장 내려."

장국영이 버럭 소리를 질렀다.

운전을 하던 장국영 부하는 얼른 차를 길가에 세우고 차에서 내렸다.

장국영이 내려서 운전석으로 탔다.

"버릇없는 놈!"

장국영이 부하에게 호통을 치며 차를 몰기 시작했다.

"미안! 친구에게 정말 미안하군! 부하 녀석 버릇부터 가르쳐 놔야 했는데……."

"그렇게까지 할 필요는 없었는데…… 아무튼 매 맞을 짓을 했으면 맞아야지. 크크……."

수민이가 키득키득 웃었다.

"하하하…… 매를 맞을 짓을 하긴 했지. 암! 허나……! 저놈들은 언제든 날 배신할 놈들이야. 내 주머니에서 돈이 떨어지면 바로."

"킥킥…… 알긴 아는군! 그래서 스스로 저들 손에서 자신을 지킬 호신술이 필요하다 이거지? 그래서 내가 필요한 것이고?"

"역시! 친구는 똑똑해."

"나이도 어린 나에게 친구를 하자고 하면서 뭔가 얻을 것을 노리는 것인가?"

"에이……! 무슨 그런 섭섭한 말씀을……! 난 그냥 친구가 맘에 들어서 그런 것이라고. 그렇게 봤다면 이거 정말 섭섭한데."

"맘에 든다……! 흠! 나도 네가 맘에 든다. 우선 돈이 많은 것도 그렇고, 시원시원해서 좋고, 날 여자로…… 또는 흑심을 품고 접근하지 않아서 그것도 맘에 들고 무엇보다 내가 맘에 든다니 그것이면 됐다."

어린 소녀의 말투로서는 감히 상상도 못 할 당돌하고 근엄하기까지 한 수민이 말에 장국영은 등줄기가 서늘해짐을 느꼈다.

수민이를 태운 승용차는 서울 시내를 벗어나 서해 바다가 보이는 길을 달리고 있었다.

바다 위를 건너는 긴 다리를 건너 좌측으로 들어섰다.

"여기가 누에를 닮았다 해서 붙여진 누에섬이다."

약 40여 분간 아무런 말도 없던 장국영이 오랜만에 입을 열었다.

"누에섬? 재미있는 이름이네. 여긴 집도 없는 것 같은데? 사람들도 많이 오가고? 여기서 호신술을 배운다고?"

수민이가 의아한 표정으로 물었다.

"하하하…… 여기서 무슨 호신술을……! 그냥 지나가는 길에 친구 관광을 시켜 주는 것이라고. 다 이 친구가 착해서 그래."

"호호…… 고맙군! 관광이라…… 그냥 가는 것이 좋을걸. 이 친구 한 발짝 앞도 내다보지 못하는군!

승용차가 멈추자 수민이가 뜻 모를 말을 남기며 차에서 내렸다.

"……!? 무슨 말이지?"

뒤따라 차에서 내린 장국영이 수민이 뒤를 따르며 묻는다.

"허! 참! 기막히네. 저렇게 아둔해서야. 어찌 험난한 세상을 헤쳐 나 갈까!"

수민이가 등대 밑에 모인 사람들을 턱으로 가리키며 말했다.

"……!?"

장국영은 어리둥절한 표정을 지었다.

"이 친구 정말 아둔하네. 잘 보라고. 저자들이 손으로 웃옷을 소중 하게 감싸고들 있지?"

"엉! 그런데?"

장국영은 그게 어떠냐는 투다.

"저건 흉기를 옷 속에 감추고 있다는 증거야. 남에게 들키지 않으려고 옷 속에 감춘 흉기를 소중하게 보호하는 행동이지."

"뭐라고? 그렇다면!"

이제야 장국영은 뭔가를 느낀 모양이다.

"다른 상대를 기다리고 있는 것이야. 아마도 패싸움이 벌어질 모양이야. 저들이 감싸고 있는 웃옷이 유난히 길게 일직선으로 보이지?"

"그래! 그렇군!"

"그건 작은 칼 같은 흉기가 아니라 아마도 몽둥이가 아닐까 싶다. 아마도 야구방망이가 유력해 보이는군! 그렇다면 뭘까? 서로 죽이고 죽는 혈투는 아닐 것이고 그냥 서로 때리는 난투극이 벌어질 전망이야. 아님 어느 누군가를 혼내주려고 모인 것 같고. 음……! 두 번째가 유력하군! 누군가 한 사람을 노리고 모였어. 단 한 사람을……!"

수민이가 중얼거리며 고개를 끄떡거렸다.

"뭐라고? 단 한 사람을 상대하려고 저렇게 많은 인원이? 그것도 무기를 들고? 도대체 누군데……!"

"아마도…… 무척 강한 상대겠지. 모두 13명. 저 인원이 야구방망이까지 들고도 무척 긴장하는 것을 보면 상대는 무척 강한 것이 틀림이 없어."

"그럼……! 이 친구야! 나 때문에 좋은 구경거리 생겼는데. 뭘 그래? 한 치 앞도 못 본다, 뭐다 하면서?"

"허……! 이 친구 정말 멍청하네. 오면서 입구에 서 있던 큰 트럭 못 봤어?"

"봤는데…… 왜?"

"그 트럭 운전자가 우리가 이곳으로 들어가는 것을 무척 안타깝다는 표정으로 보고 있었거든. 그건 그 트럭 운전자도 저들과 같은 패거리란 뜻이야. 무슨 말인가 하면 들어올 수는 있어도 나갈 수는 없는 길이란 뜻이지. 즉, 그 트럭으로 목표물이 들어오면 길을 막을 거란 말이야. 그리고 덫에 걸린 자들은 누구든 모조리 몽둥이찜질을 하겠다. 이런 말이야."

"뭐?"

"또한 그것은 현재 목표물을 기다리는 저 13명 이외에 저 트럭에 많은 인원이 숨어 있다는 증거이기도 해. 즉 우리도 그냥 순순히 나갈 수는 없다는 뜻이야."

"너! 정말 관찰력이 대단 하구나! 감탄했다. 난 정말 몰랐는데. 정말 몰랐어."

장국영이 수민이에게 진심으로 감탄한 표정이다.

"그 정도 가지고 감탄하긴……!"

수민이가 입가에 미소를 지으며 해안가 철제 벤치에 털썩 앉았다.

"왜? 우리가 먼저 떠나면 안 될까? 그럼 저들도 우릴 그냥 보내줄지도 모르잖아?"

"이미 늦었어. 저들이 바싹 긴장하고 움직이기 시작했어. 아마 방금 우리가 지나온 길에 저들 일행이 숨어서 연락을 하고 있는 모양이야. 목표물이 접근하고 있다는 증거야."

"설마 그렇게까지……! 그렇게 대단한 사람일까?"

"음……! 기다려보면 알겠지."

"난 그래도 다행이군! 친구가 내 옆에 있으니. 어쩔 수 없이 날 지켜 줄 것 아냐. 하하……."

"큭……! 왔다! 저기 저 다리 위에 나타난 하얀색 승용차. 저 것이 놈들 목표물이야."

우주에서 온 소녀의 21세기 암행어사 ❷

"음……!"

"왜? 목표물이 보이나?"

"그래! 단 한 명이군. 운전하는 사람 혼자야."

"그래도 시력은 좋군! 승용차에 탄 사람이 혼자라는 것도 알고."

"이런 날 비꼬는 건가?"

"그러니 아직 하수들을 부하라고 데리고 다니지. 잘 보라고. 승용차 안엔 운전자 혼자지만 뒤쪽 트렁크가 가끔 움직이는 것이 보이지. 아주 살짝. 살짝?"

"엥! 내 눈엔 안 보이는데?"

"큭! 정말 한심하군! 뒤쪽 승용차 트렁크에 누군가 숨어있어. 아주 고수야. 운전자가 위험에 처할 것을 미리 내다보고 뒤따라온 것이야."

"그렇다면?"

"그래! 운전자는 무사할 거야. 다만 친구만 좀 다치겠군!"

"내가?"

"음! 아주 조금. 그러니 미리 겁먹지는 마. 큭!"

수민이가 키득키득 웃는다.

장국영은 도무지 무슨 말인지 이해가 가질 않았다.

"다치지 않으려면 내 옆에서 멀리 떨어져. 그럼 안 다칠 거야."

"무슨 말이야?"

"나중에 알게 돼. 미리 알면 다친다고. 큭……."

수민이가 비록 웃고 있었지만 두 눈은 파랗게 빛나고 있었다.

멀리 하얀색 승용차가 누에섬으로 들어오는 것이 보였다.

기다리던 큰 트럭은 서서히 움직여 나가는 길을 봉쇄하고 있었다.

품속에서 야구 방망이를 꺼내 들고 13명이 하얀색 승용차를 향해 빠르게 움직였다.

승용차는 하필이면 수민이 근처에 와서 섰다.

트럭에서도 6명이 쇠 파이프를 들고 내려왔다.

"음⋯⋯! 저건!"

수민이가 뭔가를 발견하고 두 눈에 이채를 띠었다.

장국영은 본능적으로 수민이 곁으로 바싹 붙어있었다.

"어! 저자는!"

수민이가 승용차에서 내리는 사람을 보고 언젠가 지나치며 만났던 사람이란 것을 알았다.

승용차에서 내린 사람은 수민이가 그렇게 애타게 찾는 잊을 수 없는 오빠. 바로 강풍이다.

"음⋯⋯! 저 사람! 움직임이 특이하다. 고도의 훈련으로 단련된 사람이다. 헌데⋯⋯! 강풍 오빠. 바로 내가 찾던 그 오빠다."

수민이는 강풍을 보며 자신이 찾던 어릴 때 헤어진 오빠라는 것을 알아챘다.

이미 싸움이 시작되고 있었다.

미리 약속이나 한 듯 서로 아무런 말도 없이 바로 난투극으로 들어갔다.

강풍이 무척 강하게 보였지만 곧 수세에 몰리며 얻어맞기 시작했다.

그 순간 수민이 두 눈이 반짝 빛나고 있었다.

하얀색 승용차 뒤 트렁크가 열리며 머리가 긴 여인이 나타났기 때문이다.

여인은 검은색 일색이다.

여인의 손속은 무척 날카로웠다.

"저 여인이 내가 죽여야 하는 배신자 지현 이모다."

수민이는 여인의 정체를 알고 더욱 관심 있게 지켜보고 있었다.

여인과 강풍의 손속은 무자비했다. 금방 19명의 쇠 파이프와 야구 방망이로 무장한 사람들이 수세에 몰리며 흩어져 도주하기 시작했다.

순식간에 싸움은 끝이 났다.

모두 도망치고 강풍과 여인만이 수민이를 무섭게 노려보고 있었다.

멀뚱멀뚱.

수민이는 아무것도 모르는 어린 소녀처럼 호기심 가득한 눈으로 강풍과 여인을 바라보고 있었다.

강풍과 여인은 수민이를 찬찬히 뜯어보다가 고개를 갸웃하더니 몸을 돌렸다.

그리고 바로 그 순간.

쎙.

장국영을 향해 조그만 물체가 번개같이 날아왔다.

바로 몸을 돌리던 여인이 던진 것이다.

수민이는 아직도 호기심 가득한 눈으로 강풍과 여인을 바라볼 뿐 전혀 눈치를 못 채고 있는 표정이다

"악!"

장국영이 고통스럽게 비명을 지르며 앞으로 꼬꾸라졌다.

강풍과 여인은 아직도 호기심 가득한 눈으로 자신들을 바라보는 수민이를 힐끗 보더니 고개를 좌우로 흔들며 승용차를 타고 천천히 사라졌다.

"으으…… 이런 치사한! 친구가 다치게 놔두다니. 그리고도 친구냐?"

장국영은 배를 움켜쥐고 고통스러워하며 수민이를 원망했다.

장국영을 때린 것은 작은 조약돌이었다.

"흠……! 그러니 누가 내 옆에 있으랬어? 멀리 떨어지라고 했잖아. 아마 며칠은 아플 거야. 배에 멍이 들었을 테니깐."

"으으…… 아주 약을 올리는구나. 너 정도면 충분히 막아 줄 수 있었는데. 왜지?"

"잘 봤어. 저들이 친구를 노린 것은 아냐. 아무것도 모르는 순진한 소녀를 상대로 돌을 던질 수 없으니깐 친구에게 던진 것뿐이니깐. 내가 친구에게 날아가는 돌을 막을 능력이 있나 없나 시험한 것뿐이야. 해서 멀리 떨어져 있으라고 했잖아. 그럼 친구를 상대로 그런 시험은 안 했을 테니깐. 만약 내가 그 돌을 막았다면 저들은 나를 죽이려고 덤볐을 거야. 해서 그냥 놔둔 것이고. 알겠어? 멍청한 친구야?"

수민이가 앉았던 철제 벤치에서 일어나며 장국영 등을 손바닥으로 툭툭 쳤다.

"으으……."

고통스러워하면서도 장국영은 쑥스러워 머리를 손으로 긁었다.

그 순간 수민이 표정이 갑자기 심각하게 굳어지며 장국영을 때린 조약돌을 바라보고 있었다. 조약돌은 땅바닥에 뒹굴고 있었지만 그 조약돌 한쪽이 마치 손가락 모양의 흠이 선명하게 찍혀 있었다. 분명 조금 전 그 여인이 손가락을 이용해 조약돌에 흔적을 남긴 것이다.

"왜? 무슨 일이야?"

장국영이 수민이 표정을 살피며 물었다.

"아……! 아니야. 그냥…… 뭘 해? 어서 가자고."

수민이는 앞장서서 장국영이 몰고 온 승용차에 올라타며 다시 그 조약돌을 힐끗 본다.

"어! 알았어!"

장국영도 승용차 운전석에 올라타서 차를 몰기 시작했다.

수민이를 태운 승용차는 어느 별장으로 들어섰다.

바닷가 언덕 위에 소나무가 가득한 사이에 빨간 기와에 통나무집이 수민이를 맞이했다.

"여기가 친구 별장인가?"

수민이가 차에서 내리며 묻는다.

"다 부모를 잘 만난 덕이지. 자랑할 것은 못 되네. 들어가자고."

국영이 앞장서서 현관문을 열고 건물 안으로 들어갔다.

수민이는 잠시 서서 주위를 세밀하게 살피고 있었다.

주위를 살피는 수민이 표정이 묘하게 변했다.

마치 그동안 품어온 수수께끼를 풀었다는 표정이랄까.

"뭐해? 안 들어오고?"

국영이 다시 현관문을 열고 머리를 밖으로 내밀며 말했다.

"방안에서 호신술을 배우려는 것은 아닐 것 같고. 무슨 할 말이 있나?"

갑자기 수민이가 국영에게 그렇게 물으며 국영의 팔을 붙들고 밖으로 나오도록 했다.

"……!?"

국영이 의아한 표정을 짓는데.

수민이는 그런 국영의 마음을 아는지 모르는지 주위를 살피며 별장 옆쪽에 넓은 잔디밭으로 국영을 데리고 와 먼저 앉으며 앉으라는 표정을 지었다.

"여기? 잔디밭에 앉으라고?"

"응! 앉아!"

"차가운 곳에 앉으면 치질 걸린다고 이 친구야!"

"목소리 낮춰. 무슨 별장이 감시 카메라에 도청기까지 쫙 깔렸어?"

"뭐? 도청기?"

"그래! 여기만 가장 안전한 곳이라고. 대화를 하기엔 가장 적당한 장소라 이 말이야 한심한 친구야."

"흠……! 그랬군! 그랬어. 하하하…….'"

국영이 비통한 웃음을 남기고 수민이 옆에 털썩 앉았다.

수민이는 그런 국영을 무심히 바라만 보고 있었다. 수민이는 국영이 무슨 말을 하려는지 이미 알고 있었다. 물어보지 않아도 스스로 말을 하려는 것도 안다. 자신이 처한 현실부터 말을 하고 수민이에게 도움을 청하려는 것도 이미 수민이는 직감적으로 알았다.

시간이 10여 분 흐르고 나서야 국영이 입을 열기 시작했다.

"사실 말이야. 내 경호원이란 자들은 조폭들이야. 블랙이글이란 단체의 부하들이지."

"블랙이글? 검은 독수리라고?"

"왜? 들어봤나?"

"아니! 특이한 이름이라서. 헌데 단체면 단체지 부하들이란 말은?"

"음……! 블랙이글이란 두목이 모두 6명으로 전국적인 조직이야."

"두목이 6명이라고? 큭…… 와해되기 쉬운 단체네."

"왜? 내부 분열을 의미하는 거야? 그럼 잘못 짚었어. 아직 드러나지 않았지만 그들 위에 실질적인 두목이 있다는 후문이야."

"그래? 그럼 우선 6명의 두목들부터 줄줄이 나열해봐!"

"알았어! 우선 제1두목이 여자야 소연이라고 부르지. 비밀리에 들리는 소문에 의하면 실질적인 안개 속 두목의 딸이라는 이야기가 있어. 사실인지는 모르지만. 다음은 제2두목 대롱. 늘 긴 대롱을 들고 다닌다 해서 붙여진 이름이야. 본명은 아무도 몰라. 제3두목 범생. 마치 공부만 하는 공부벌레 같다고 해서 붙여진 이름이야. 아마 허리가 여자들처럼 가늘다고 하지. 제4두목 물독수리. 말 그대로 물속에서는 그들 이길 수 있는 사람이 없다고 하지. 제5두목 망치. 늘 망치를 들고 다닌다 해서 붙여진 이름인데, 얼굴을 아는 사람이 하나도 없어. 마스크에 검은 안경까지 항상 얼굴을 가리고 다닌다 하지. 문제는 제6두목인데, 누군 그를 여자라 하고 누군 그를 나이가 많은 할아버지라 하고. 도무지 실체가 없는 자야. 해서 다들 그를 그림자라 하지."

말을 마치고 국영이 수민이를 바라본다. 마치 어때? 무섭지? 하고 묻는 표정이다.

"감 잡았어. 흐흐……."

갑자기 수민이가 웃기 시작한다.

"……!?"

국영이 의문스러운 표정으로 수민이를 바라본다.

"나중에 알려줄게. 우선 다음 친구가 하고 싶은 말부터 다 해."

수민이는 국영이 얼른 다음 이야기를 하라는 눈치다.

"아버지가 돈이 많은 것을 알고 내게 접근을 했는데…… 이미 전 재산의 4분지 1은 그들이 빼앗아 갔어. 이런저런 핑계로 갈취해간 돈이지. 해서……."

"해서. 나보고 그들 손에서 친구를 지켜 달라? 아니지! 돈을 지켜달라는 이야기지? 도대체 전 재산이 얼마나 되는데? 그걸 알아야 대가를 정하지."

수민이가 장난스럽게 말했다.

"아마 현재 한국의 지하경제 돈의 반은 아버지 것이라 봐야 옳을걸."

"잠깐! 잠깐만! 그럼 지하경제 돈의 나머지를 보유한 사람들은 누구누구지? 그것부터 말해봐."

"강 회장이라고 있어. 아마 아버지보단 조금 작지만 지하경제 돈의 거의 40%는 강 회장 돈일 것이야. 나머지는 여러 명이 갖고 있지만 보잘것없는 사람들이고."

"흠……! 갑자기 강 회장이란 사람이 사업을 넓히고 있지?"

"어떻게? 맞아 갑자기 아버지와 거의 비슷해진 느낌이야."

"됐다! 이젠 그만 이야기해도 돼. 다 알았으니깐."

"그럼? 수민이는 강 회장이 블랙이글과 관련이 있다는 뜻이야?"

"암! 관련이 있지."

"잘못 짚었어. 강 회장은 아버지와 둘도 없는 친구 사이고. 그런 일을 꾸밀 사람이 아냐. 그건 내가 알아."

국영은 확신하는 말투다.

"멍청한! 국영이 넌 하나만 알고 둘은 몰라. 그러니 당하지."

"뭐라고?"

국영이 벌떡 일어섰다.

발끈한 표정이다.

"성깔도 있네! 목소리 낮추고 앉아."

수민이 입가에 미소를 지으며 말했다.

"간단한 수를 모르다니. 그게 국영이 네 머리야. 멍청한. 잘 들어. 블랙이글이란 단체는 너의 아버지와 강 회장 관계부터 악화시키려는 의도야. 그래서 자의든 타의든 강 회장과 관련이 있다는 이야기고. 즉 한국의 지하경제를 쥐고 흔드는 큰손들을 파멸 시키겠다, 이런 수야. 간단한 수를 못 읽다니. 에구…… 멍청이"

"뭐라고? 누가 감히 그런 엄청난 장난을?"

"누구겠어? 깡패들이겠어? 아님 사채업자들이겠어?"

"그렇다면?"

"그래! 바로 정치인이야. 뭔가 미움을 산 모양이지. 내일 누굴 좀 만나면 알게 될 것 같다. 크크……."

"누구?"

"그런 아주머니가 있어."

수민이는 국영이 자기 아버지를 만나는 것을 눈치채지 못하게 아주머니란 말을 했다. 수민이는 이미 내일 만나자는 그가 바로 국영의 아버지 장 회장이란 것을 알고 있었다.

"음……!"

국영의 표정이 몹시 심각하게 변했다. 그도 그럴 것이 정치인이 공격을 시작했다면 피할 방도가 없었다. 정치적으로 지하경제 큰손을 제거하려고 하는데 피할 묘책을 찾아야 하는 것이다. 어쩌면 그걸 눈치챈 수민이가 혹시 알고 있나 하는 마음에 국영은 수민이를 바라보았다.

"기다려! 내일 지나서 답을 줄게. 대가는 3분의 1이야. 너의 아버지와 강 회장이 각각 3분지 1씩이야."

"뭐? 그렇게 많이? 진심이야?"

"그럼! 농담으로 들었나? 나 같으면 친구를 위해 반도 내놓겠다. 쳇! 죽어서 돈을 싸가지고 가나. 있을 때 잘해야지."

"엥! 그거 어디서 듣던 소린데. 좋아! 그렇게 하지. 어차피 그냥 무술을 잘하는 소녀로 생각하지는 않았어."

"무슨 소리야? 그럼 내가 무슨 해결사라도 되는 줄 알아? 그냥 너무 많으니 나누자는 뜻이야. 내 머리로 묘책을 줄 테니. 알았어?"

"아…… 알았다고. 알았어! 나눈다고. 하하……."

국영이 통쾌하게 웃는다.

"흐흐…… 고맙다 친구야. 흐흐……."

수민이도 웃는다.

선녀 이야기

준석은 모녀봉에 도착해 있었다.

봄이라고는 하지만 모녀봉 정상은 바람도 차갑고 무척 쌀쌀했다.

밝은 햇볕이 비추는 화창한 날씨 탓에 멀리 다른 산들도 보였고, 작은 시골 마을들도 보였다.

모녀봉 정상엔 늙은 아름드리 소나무 한그루가 바위 틈새에서 자라나 구불구불한 가지를 마치 버섯모양처럼 늘어뜨리고 있었다.

준석은 배낭에서 자일을 꺼내 늙은 소나무 밑동에 단단히 붙들어 매었다.

준석은 자일을 붙잡고 사암 절벽 끝에 서서 아래를 내려다보았다. 자일을 타고 내려갈 속셈이다.

사암 절벽 아래로 둥글 게 툭 튀어나온 애기봉이 보였다.

"정말 150미터는 되겠군!"

준석은 중얼 거리며 안전벨트에 자일을 고정하고 서서히 사암 절벽을 내려가기 시작했다.

"젠장! 바위가 부서져 떨어지면 끝장이다!"

절벽타기 베테랑급 준석도 불안한 마음을 떨쳐 버릴 수 없었다.

되도록 바위를 밟지 않고 신속히 내려가야 안전하다는 생각에 내려가는 속도를 좀 더 빨리했다.

미리 준비를 한 까닭에 자일은 충분했다.

"……!"

준석은 의아함을 감출 수 없었다.

사암 절벽이 조그만 충격에도 떨어진다더니 전혀 그렇지 않았기 때문이다.

절벽을 다 내려왔는데도 주먹만 한 돌멩이 하나 떨어지지 않았다.

의아심에 발로 툭툭 차며 충격을 줘 봐도 전혀 떨어질 생각조차 안했다.

"단단하기만 하네!"

준석은 할아버지에게 속았다는 생각에 투덜거렸다.

애기봉에 올라선 준석은 다시 애기봉 위에 있는 굵은 참나무에 자일을 묶었다.

"역시 그래도 바위를 타는 것이 안전하겠어!"

준석은 애기봉 양쪽 옆으로 마치 자갈 더미처럼 돌들이 쌓여 길게 계곡을 따라 마치 돌로 강을 이루듯 이어져 있는 모습에 고개를 절레절레 저으며 중얼거렸다.

누군가 그 돌을 밟으면 돌들이 한꺼번에 우르르 굴러 내려갈 것은 뻔했기 때문이다.

"저건 할아버지 말씀이 맞네!"

준석은 고개를 끄덕이며 애기봉을 내려가기 시작했다.

애기봉은 그리 높지 않았다.

약50여 미터 내려가니 작은 분지가 나타났다.

"헉! 역시 예감이 맞았어!"

준석은 애기봉 밑에 서서 아래쪽을 바라보며 놀라움을 금치 못했다.

돌을 네모반듯하게 다듬어서 마치 에스키모가 사는 얼음집처럼 지은 집 한 채가 있었기 때문이다.

그 돌집 근처로는 사람이 농사를 지은 듯 논과 밭이 있었다.

논은 고작해야 200여 평 되어 보였고. 밭은 1,000여 평은 충분히 되어 보였다.

더욱 놀라운 것은 돌집 굴뚝에 모락모락 연기가 피어나고 있다는 것이다.

사람이 살고 있다는 증거였다.

준석은 자신도 모르게 돌집을 향해 걷고 있었다.

그때였다.

휘익.

향기로운 바람이 부는가 싶더니 준석이 눈앞에 노란 물체가 나타났다.

"헉!"

준석은 화들짝 놀라며 한걸음 뒤로 물러섰다.

준석이 앞에 나타난 것은 여자였다.

긴 머리카락을 바람에 날리며 서 있는 여인.

청바지에 노란 점퍼를 입은 여인.

유난히 검고 맑은 큰 눈이 준석을 호기심 있게 바라보고 있었다.

준석은 여인이 무척 아름답다고 느껴졌다.

비록 긴 머리카락 때문에 얼굴을 구분하기 힘들어도 눈만 보아도 아름다운 것을.

"너! 누구야?"

맑고 청아한 목소리로 여인이 준석에게 물었다.

여전히 호기심 어린 눈으로 준석의 아래위를 살피면서.

"나? 나는."

준석이 대답을 못 하고 더듬거렸다.

"호호…… 무슨 이름이 그래? 나는. 나는. 그래 나는 너 어떻게 왔지? 여긴 사람들이 못 오는 곳인데?"

여인은 웃으며 준석에게 다시 물었다.

"나. 나는 핸드폰 찾으러."

준석은 마치 무엇에 홀린 듯 멍한 표정으로 더듬더듬 대답했다.

웃는 여인의 모습이 너무도 아름다웠기 때문이다.

때마침 바람이 불며 여인의 머리카락을 뒤로 걷어 올려서 얼굴을 똑똑히 볼 수 있었다.

크고 검은 두 눈에 오뚝한 콧날 아래로 두툼하고 작은 입술. 하얀 치아. 갸름한 얼굴. 희고 긴 목.

여인은 너무도 아름다웠다.

몸매도 완벽하게 균형 잡힌 것이 마치 스포츠 선수 특히 단거리 달리기 선수들 같다고 준석은 느꼈다.

"핸드폰? 그게 누구야? 여긴 그런 사람 없다! 다른 데 가봐!"

여인은 그 말을 끝으로 휙 히고 돌아섰다.

"아. 아니 잠깐만!"

준석이 자신도 모르게 다급히 돌아서는 여인을 불렀다.

"……! "

여인이 다시 돌아서서 준석을 바라보았다.

왜 그러냐? 묻는 표정이다.

"아가씨 이름이 뭐죠?"

준석이 용기를 내어 물었다.

"선녀."

여인은 짤막하게 대답하고 다시 돌아서서 걷기 시작했다.

여인이 걸어가는 방향은 돌집 쪽이었다.

"선녀. 드디어 찾았다."

준석은 드디어 의문을 풀 수 있다는 기쁨에 속으로 그렇게 외쳤다.

준석은 부지런히 여인의 뒤를 쫓아 걷기 시작했다.

"아부지! 나와 봐. 사람이 왔어!"

여인이 돌집에 도착해서 큰 소리로 외쳤다.

"알고 있다! 모시고 들어와라!"

돌집 안에서 굵은 남자의 목소리가 들렸다.

"나는야! 아부지가 들어오래!"

여인은 준석을 돌집 안으로 안내했다.

준석은 여인을 따라 돌집 안으로 들어갔다.

네모반듯하게 다듬어 쌓은 돌벽에 나무로 만든 문이 있고 그 안에 방이 두 개 부엌이 하나 그리고 창고인 듯 보이는 곳이 있었다.

밖에서 보기와는 달리 꽤나 넓었다.

방에는 문도 별다른 가구도 없고 방 하나 가운데 덩그러니 나무로 만든 탁자 하나가 있었다.

탁자에는 방금 만든 음식이 김을 모락모락 피워 올리며 차려져 있었다.

음식은 밥과 고기 삶은 것. 그리고 묵나물 무친 것들이 전부였지만 준석을 당황하게 만든 것은 밥이 세 그릇이 차려져 있다는 것이다.

이미 준석이 올 것을 알았다는 것 아니면 3식구가 산다는 것인데.

밥상 옆에는 긴 머리카락이 얼굴을 가려 남녀를 구분하기도 힘든 사람이 혼자 앉아 있었다.

"어서 오게! 기다리고 있던 사람이 왔구먼!"

목소리는 분명 남자였다.

"아부지 나는야를 기다리고 있었어?"

여인이 앉아있는 사람에게 물었다.

헌데 아버지라니. 그럼 저 사람이 이 여인의 아버지.

준석은 얼른 공손히 인사를 올렸다.

"안녕하십니까? 처음 뵙겠습니다!"

준석이 공손히 머리를 숙여 인사를 하자 그 여인의 아버지는 앉으라는 손짓을 했다

"자네를 기다리고 있었네!"

여인의 아버지는 준석을 바라보며 말했다.

"헉!"

준석은 여인의 아버지를 바라보다가 깜짝 놀랐다.

나이는 고작해야 30대. 아니 더 젊어 보였다. 그런 사람이 여인의 아버지라니. 여인은 22~23세 정도 돼 보이는데.

더욱 놀라운 것은 왼팔이 없다는 것이다.

할아버지가 말씀하시던 그 문제의 외팔이. 그렇다면 나이가 35세 정도란 이야기가 된다.

"저를 기다리고 있었다고요? 어떻게? 왜요?"

준석은 그 외팔이 맞은편에 앉으며 의문스러운 점을 모두 물었다.

"하하…… 기다렸고말고. 자네가 오늘 올 줄 알고 기다렸지. 또한 우리 선녀를 찾아올 것을 알고 있었고."

외팔이는 호탕하게 웃으며 말했다.

"어떻게 제가 올 줄 알았다는 것이죠?"

준석은 급히 물었다.

"자네 핸드폰 찾으러 온 것이 아닌가?"

외팔이가 준석에게 되물었다.

"네! 맞아요! 핸드폰도 찾고 선녀가 누군지 알고 싶어서."

준석은 사실대로 이야기했다.

"하하. 어제로 사암 절벽이 허물을 멈추는 날짜였거든. 그러니 오늘 자네가 올 수 밖에."

외팔이는 준석을 바라보며 내 말이 맞지 않느냐는 표정을 지었다.

하지만 준석은 사암 절벽이 허물을 멈추는 날이었다는 것을 전혀 몰랐기 때문에 외팔이의 말을 듣고서야 자신이 사암 절벽을 내려올 때 왜 바위들이 굴러 떨어지지 않았는지 그 이유를 알 수 있었다.

"아하! 그랬군요! 그럼 이분이 따님?"

준석은 이제야 뭔가 알겠다는 표정으로 여인을 바라보며 외팔이게 물었다.

"그렇다네! 이름은 선녀. 성은 없다네. 그 이유는 나중에 차차 알게 될 테니 우선 밥이나 먹게! 아침도 못 먹고 왔을 테니."

외팔이는 자신이 먼저 수저들 들며 준석에게 권했다.

선녀.

꽃보다 아름다운 여인 선녀.

선녀는 벌써부터 준석과 외팔이 이야기에는 관심이 없는 듯 음식을 열심히 먹고 있었다.

"핸드폰을 주는 대신 조건이 하나 있네!"

외팔이가 음식을 먹으며 말했다.

"조건이라니요?"

준석이 물었다.

"우리 선녀를 데리고 가게!"

외팔이는 대수롭지 않게 말했다.

하지만 준석은 너무도 황당하여 어쩔 줄 몰랐다.

설마 조건이란 것이 선녀를 데리고 가라는 것일 줄이야.

"네에? "

준석은 황당하다는 표정을 지으며 물었다.

"우리 선녀가 아직 사람 구경을 못 해서. 세상에 나밖에 모르거든. 자네가 서울 데리고 가서 세상 구경도 시키고. 세상 공부도 좀 시켜주게. 어때? 그렇게 할 수 있겠나?"

외팔이는 간절한 눈빛으로 준석을 바라보았다.

제발 거절하지 말라는 눈빛이다.

"아부지! 그럼 나는야 하고 내가 결혼하는 거야?"

선녀는 얼굴을 붉히며 작은 목소리로 물었다.

'헉. 환상적이다. 너무나. 너무나. 매력적이다.'

준석은 얼굴을 붉히는 선녀의 모습을 보고 그렇게 속으로 외쳤다.

가슴이 갑자기 콩콩 뛰면서 숨이 확 막혀왔다.

"녀석! 결혼은…… 나중에. 네가 생각해서 하는 것이고 우선 사람들 구경하라는 것이지."

외팔이는 선녀를 바라보며 씁쓸한 미소를 지었다.

"참! 자네 나이가 몇 살인고?"

외팔이가 준석에게 물었다.

"올해 21살입니다!"

준석이 얼른 대답했다.

"음! 선녀보다 두 살 어리군. 그럼 선녀를 누나라 부르면 되겠네. 아무튼 우리 선녀 잘 부탁하네."

외팔이는 당연히 준석이 선녀를 데리고 갈 것이라는 생각을 하는 모양이다.

"네!"

준석은 자신도 모르게 대답했다.

어찌 된 영문인지 도무지 거절을 할 수 없었다.

"고맙네! 갈 때는 밧줄 타고 가지 않아도 되겠군! 하하."

외팔이는 뜻 모를 말을 하면서 호탕하게 웃었다.

"문직아! 지금 어디냐? 가지 말고 기다려 같이 가자!"

준석이 급히 문직에게 전화를 걸었다.

"자네 이름이?"

외팔이가 준석에게 물었다.

"이준석입니다!"

준석이 대답했다.

"너? 아까는 '나는'이라며? 바보, 이름도 모르나 봐. 호호."

선녀가 깔깔 웃었다.

"내가 언제? 그냥 나는. 나는. 그랬지!"

준석이 변명하듯 말했다.

"이제 보니 기억도 없네. 정말 바본가 봐. 그치? 아부지? 이제부터 그냥 바보라고 불러야지. 호호……."

선녀는 뭐가 그리 즐거운지 계속 웃었다.

"이제 떠날 텐가?"

밥을 다 먹고 돌집 밖으로 나와 있었다.

외팔이가 준석에게 물었다.

"네! 친구들이 기다려서."

준석이 대답했다.

"잠깐 기다리게."

외팔이는 방으로 들어갔다.

"바보야!"

선녀가 준석을 불렀다.

"뭐야? 비보라니?"

준석이 발끈해서 소리쳤다.

"너 이제부터 바보라고 부를 테니 날 보고 누나라 불러. 까불면 맞는다!"

선녀가 짓궂은 표정으로 말했다.

"누나라 부르긴 하겠는데. 날 바보라 부르지 마! 준석이라고 불러 알았어?"

준석이 다짐받듯 말했다.

"너! 아부지한텐 존댓말 쓰면서 왜 누나한테 반말하지?"

선녀가 따지듯 물었다.

"그야. 나이 차이가 얼마 안 되니 그렇지!"

준석이 별것 다 따진다는 투로 말했다.

"오호! 나이 차이가 별로 안 나면 반말해도 되는구나! 알았어. 호호."

선녀가 까르르 웃으며 한 바퀴 빙 돌았다.

선녀의 머리카락이 날리며 향긋한 바람이 준석의 코끝을 자극했다.

"이거 자네가 맡아두게! 선녀 필요한 옷도 사 주고 자네가 알아서 선녀한테 필요한 것들 사 주게."

외팔이가 준석에게 건네준 것은 우체국 통장이었다.

준석이 무심코 우체국 통장을 받아 펼쳐 보다가 깜짝 놀랐다.

생각보다 돈이 많았기 때문이다.

"어떻게 이렇게 많은 돈을?"

준석이 의문스럽다는 투로 물었다.

"20여 년 동안 약초며 산나물 팔아서 모은 돈이라네! 선녀가 크면 주려고. 하하."

웃는 외팔이 눈가엔 반짝 이슬이 맺혔다.

"그리고 이건. 만약 선녀가 슬퍼하거나. 힘들어할 때 펼쳐보게나! 절대 그 전엔 펼쳐봐선 안되네! 선녀가 결혼해서 행복하게 잘 살면 그땐 이것을 자네 손으로 태워 버리게나! 약속할 수 있겠지?"

외팔이는 준석이 손을 잡으며 작은 노란색 봉투를 건네주었다.

봉투는 풀로 단단히 봉인돼 있었다.

"네! 약속드리겠습니다. 어르신!"

준석은 외팔이 손을 굳게 잡으며 공손히 인사를 했다.

이제 떠나려는 것이다.

"아부지! 그럼 다녀올게? 건강해야 해? 다치지 말고? 알았지?"

선녀가 마냥 들뜬 표정으로 명랑하게 말했다.

외팔이는 고개를 끄덕이며 선녀 손을 꼭 잡았다.

"......!"

하지만 준석은 보았다.

비록 명랑하게 말하고 있지만 선녀의 눈가에 이슬이 비추고 있다는 것을.

"알 수 없는 부녀 사이다. 헤어지면 펑펑 울어야 정상인데. 애써 눈물을 감추려고 하는 것은 또 무엇일까? 어찌 보면 서로 놔주려고 노력하는 것 같다. 어르신은 선녀를 기쁜 마음으로 보내려고 노력하고. 선녀 역시 어르신을 그만 자유롭게 놔주려는 표정이다. 도대체 둘 사이는 어떤 사이일까? 의문이다."

준석은 선녀와 외팔이를 보며 둘 관계에 남모를 사연이 있다는 것을 알았다.

"아부지! 그럼 간다!"

선녀가 외팔이 손을 놓고 애기봉을 향해 나는 듯이 달리기 시작했다.

"선녀야! 이 바보 데리고 가야지 혼자 가면 어떡해?"

외팔이가 다급히 소리쳤다.

"내가? 어떻게?"

달리던 발걸음을 멈추고 돌아서서 선녀가 물었다.

"네가 안고 가야지! 아부지가 한 손으로 안고 데려다줘야겠니?"

외팔이가 불평하듯 소리를 질렀다.

"무슨 소리야? 저 바보는 다리가 없어? 팔이 없어?"

선녀가 이해가 가지 않는다는 듯 물었다.

"바보는 사람이잖아! 선녀와 같아?"

외팔이가 답답하다는 듯 말했다

"아 참! 그렇지! 저 바보는 절벽을 못 올라가지! 쳇! 쳇! 저거 정말 짐덩어리네!"

선녀가 준석을 향해 성큼성큼 걸어왔다.

"……!? 무슨 소리지!"

준석은 두 부녀의 대화를 이해할 수 없었다.

준석이 어리둥절한 표정으로 멍하니 서 있었다.

"헉!"

준석은 갑자기 다급한 비명을 질렀다.

선녀가 준석에게 다가와 준석을 번쩍 들어 품에 꼭 안아 버린 것이다.

뭉클한 선녀의 가슴이 준석의 얼굴을 파묻어 버리며 형형할 수 없는 향기가 준석을 취하게 만들어 버렸다.

준석은 선녀의 팔에서 벗어나려고 발버둥 쳤으나 선녀의 팔 힘이 얼마나 센지 꼼짝도 안 했다.

"바보야! 가만히 있어! 누나 힘들게 하지 말고!"

선녀는 준석의 엉덩이를 손가락으로 살며시 꼬집으며 말했다.

"아부지! 그럼 진짜 간다……!"

선녀의 말이 끝나는 순간 준석은 얼굴을 때리는 바람 소리를 듣고 선녀 가슴 사이로 얼굴을 내밀고 눈을 떴다.

"헉! 이게! 도대체……!"

준석은 도무지 믿기지 않는 상황에 놀라움을 금치 못하고 말았다.

선녀는 준석을 안고 애기봉 그 절벽을 마치 평지를 달리듯 무척 빠른 속도로 오르고 있었건 것이다.

정말 하늘을 나는 것 같았다

"정말 인간이 아닌 선녀가 맞나!"

준석은 그 순간만은 정말 하늘의 선녀라 생각했다.

선녀는 순식간에 애기봉을 오르고 사암 절벽마저 같은 속도로 오르기 시작했다.

"누나! 어떻게 이렇게 할 수 있어?"

준석이 놀란 가슴을 가다듬으며 물었다.

"바보야! 넌 인간이잖아! 난 선녀고. 호호……."

선녀는 즐겁다는 듯이 웃으며 사암 절벽을 순식간에 올랐다.

"……! 이건……!"

준석은 얼굴에 떨어진 한 방울을 눈물을 보며 선녀가 울고 있다는 것을 알았다.

비록 즐거운 척하지만 아버지와 헤어지는 것이 슬픈 것이리라 하고 생각했다.

"악!"

준석은 비명을 질렀다.

선녀가 준석을 모녀봉 위에 도착하자마자 땅바닥에 던지다시피 내려놓은 것이다.

"이게 어디서 엉큼하게 누나 가슴에 얼굴을 비비고 있어!"

선녀가 몹시 화난 표정으로 말했다.

"그, 그게……!"

준석은 뭐라 대답해야 할지 몰라서 머뭇거렸다.

"맞을래? 아니면 누나를 업어줄래?"

선녀가 다시 짓궂은 표정으로 물었다.

"……!"

준석은 뭔가 좋은 생각이 난 듯 벌떡 일어서서 도망치기 시작했다.
굵은 참나무들 사이사이로 몸을 숨기며 산비탈을 달려 내려갔다.

"흐흐…… 쫓아오기 힘들걸……!"

준석이 회심의 미소를 지을 때.

딱.

"어이쿠!"

딱.

"아이고오!"

딱.

"으아악!"

뭔가 날아와 준석의 머리를 자꾸 때렸다.

그 것도 항상 같은 곳만.

준석은 10여 차례 뭔가에 맞고 도망치던 것을 포기하며 주저앉아
버렸다.

"……! 이건!"

준석을 때린 것은 솔방울이었다.

"얼른 못 올라와! 누나가 더 때리기 전에 얼른 와서 누나 업고 가!
이게 절벽을 안고 올려다 주니깐 도망을 가? 인간들은 이래서 안 된
다니깐!"

선녀의 화난 목소리가 송곳처럼 준석의 귓속을 파고들었다.

"아, 알았어!"

준석은 할 수 없다는 듯이 비틀거리며 다시 모녀봉으로 올라갔다.

딱.

"어이쿠! 왜?"

다시 선녀가 솔방울을 던져 준석의 머리를 때렸다.

신기하게도 같은 곳이었다.

"또? 반말!"

선녀가 다시 솔방울을 던져 준석을 때렸다.

정말 같은 곳을 계속 맞으니 무척 아팠다.

"아, 알았어요."

준석은 얼른 선녀 앞에 등을 돌리고 엎드렸다.

"바보! 맞아야 정신이 든다니깐! 호호……."

선녀는 준석의 등에 얼른 업히며 깔깔 웃었다.

준석은 선녀를 업고 일어서며 무척 가볍다는 생각이 들었다.

"그래! 지금 선녀가 아버지와 헤어진 슬픔을 달래려고 짓궂은 장난도 하고 그러는 거야. 내가 이해를 해야지. 아무튼 참 신기한 선녀다. 어떻게 절벽을 그렇게 오르고. 나무 뒤에 있는 나를 솔방울을 던져서 한군데만 때릴 수 있는지. 정말 연구 대상이다. 하하…… 친구들이 기절하겠군. 특히 수경이가 더."

준석은 그렇게 생각하며 선녀를 업고 산을 내려가기 시작했다.

그렇게 떠나가는 준석과 선녀를 바라보며 서 있는 사람이 있었으니.

바로 외팔이다.

"준석아! 선녀를 잘 부탁한다. 하하…… 녀석 많이도 컸구나. 듬직하게. 하하……"

외팔이는 뜻 모를 말을 남기고 훌쩍 사암 절벽 아래로 사라져 버렸다.

문직은 혜미와 함께 자동차를 주차해 놓은 곳을 향해 걷고 있었다.

"녀석! 핸드폰 찾는 것은 포기한 모양이지. 무슨 일이지. 마음먹은 일은 반드시 끝장을 보는 녀석이 말이야. 벌써 찾은 것 아닐까. 혜미 넌 어떻게 생각해?"

문직이 혼자 중얼거리다 혜미 생각을 물었다.

"난 뭔가 문제가 생긴 것 같아! 그러니깐 할아버지 할머니들께 인사도 안 하고 그냥 가려고 우릴 여기서 만나자고 한 것 아닐까?"

혜미가 자신의 생각을 말했다.

"글쎄…… 하도 속 깊은 녀석이라 그 녀석 생각을 알 수 있어야지."

문직이 모르겠다는 듯 고개를 살래살래 흔들었다.

"아무튼 다행이지 뭐. 우리끼리 올라가 봐. 수경이에게 우린 죽는다. 너! 같이 갔으면서 네 남자 친구만 소중하냐? 내 남자 친구는 왜? 떼어놓고 와? 너 그리고도 친구냐? 호호. 그러면서 한동안 나하고 말도 안 할걸."

혜미는 수경이 흉내를 내며 깔깔 웃었다.

"형은 어떻고? 아마 문직이 너 죽을래? 살래? 하면서 주먹부터 날아올걸. 하하. 준석이가 고집피우고 먼저 올라가라 했다고 아무리 해명해도 그 무식한 준호 형한텐 안 통하거든. 하하……."

문직이 지금 준석이 친형 이야기를 하고 있었다.

"정말 그 오빠 너무 무서워. 어떻게 같은 형제가 그렇게 다를까?"

혜미는 생각만 해도 무섭다는 듯 온몸을 부들부들 떠는 시늉을 하면서 호들갑을 떨었다.

주인공 이야기

친절한 군인 오빠들 덕에 영미는 울릉도에 도착했다. 정말 두 군인 오빠들이 핸드폰을 서로 사준다고 가위바위보까지 해서 오민혁이름을 가진 군인이 이겨서 울릉도 핸드폰 가게에 영미를 데리고 갔다.

"신분증 주세요."

점원이 하는 말에 영미는 신분증이란 것이 있어야 한다는 것을 알았다.

"바다에 삐뜨려서, 홀쩍."

영미는 또 울고.

"됐어요. 제 이름으로 할게요."

군인 오민혁은 자신의 이름으로 핸드폰을 사서 개통까지 해서 영미에게 줬다.

"와, 정말 친절한 오빠네. 고마워요."

영미가 환하게 웃으며 오민혁에게 감사 인사를 했다.

"가끔 전화해도 되지?"

오민혁이 영미에게 물었다.

"네. 다른 오빠들에겐 제 번호 알려주지 마세요."

영미가 자주 전화가 오는 것도 귀찮기 때문에 그렇게 말했다.

"암, 당근이지."

오민혁이 바라던 것이다. 오민혁은 영미에게 이미 푹 빠져 있었다.

"맛있는 것 사줄까? 배고프지?"

오민혁이 영미와 같이 있는 시간을 늘리고 싶은 모양이다.

"네, 배고파요."

영미가 얼른 대답했다. 영미 역시 바라던 일이었으니까.

"뭐가 좋아? 영미 좋아하는 것 사줄게."

"전 싱싱한 해산물로 매콤하게……."

"아하! 매운탕?"

"네, 매운탕이 좋아요."

영미는 사실 매운탕이 뭔지 모른다. 그냥 바닷물에 너무 있었더니 몸이 식어. 매콤한 것이 먹고 싶을 뿐이다.

"하하…… 내가 매운탕 끝내주는 곳을 알지."

오민혁이 영미를 어느 식당으로 데리고 갔다. 허름한 매운탕 집이다.

"이모님! 여기 매운탕 하나 주세요."

오민혁이 주문을 했다.

"이모님! 여기 밥도 주시고 된장에 고추도 주시고 김치도 주세요."

영미가 같이 주문을 했다.

"밥은 알아서 따라 나오고 김치도 주는데, 된장에 고추라…… 이모님 있어요?"

오민혁이 묻자. 주방에 아주머니가 살짝 고개를 내밀고 말했다.

"풋고추 있단다. 학생이 풋고추를 좋아하는군. 매운 청양고추로 줄까?"

"네."

"아! 아니 그건."

오민혁이 청양고추는 너무 맵다고 알려주려 했는데 이미 영미가 네, 하고 대답을 하고 말았다.

잠시 후 아주머니는 버너에 매운탕 냄비를 올려놓고 같이 들고 와서 탁자에 올려놓았다. 이어서 청양고추와 된장도 내오고 밥도 나왔다.

"이모님! 여기 막걸리도 하나 주세요."

오민혁이 주문을 하자 아주머니가 주방에서 걸어 나왔다.

"여학생 앞에서 술 먹게?"

아주머니가 오민혁에게 묻는다.

"아차, 아니에요."

오민혁은 얼른 취소했다.

"막걸리? 그게 술이에요?"

영미가 두 눈을 반짝이며 아주머니와 오민혁에게 묻는다.

"응, 술이란다."

아주머니가 대답했다.

"그럼 하나 줘보세요."

"학생이 마시려고? 떽! 버르장머리 없이."

아주머니가 버럭 화를 낸다.

"아니요, 아니에요. 오빠 드리라고요. 전 괜찮아요."

영미는 얼른 생각을 바꿨다. 문화라는 것이 다 틀리니까. 술을 마시고 싶어도 안 되는 것은 참아야지, 하는 생각에 오민혁에게 주라고 한 것인데.

"아니에요. 저도 됐어요."

오민혁은 술을 먹어 술 냄새를 풍겨 영미가 싫어하면 어쩌나 걱정이 앞섰다. 그래서 마시지 않기로 했다.

"그, 그것은"

오민혁이 영미가 청양고추를 된장에 찍어 먹는 것을 보고 말리려 했지만 청양고추는 이미 통째로 영미 입속으로 들어가 버렸다. 오민혁도 아주머니도 영미 표정을 살피고 있었다. 그런데 영미 손이 다시 청양고추로 손이 가고 있었다. 입맛까지 다시며.

"음…… 쩝쩝. 이거 맛있네."

영미는 청양고추를 음미까지 하며 계속 먹었다.

"흠…… 무술을 익히기 위해 스승들이 자주 먹이던 매운 고추에 비하면 조금 싱겁긴 하지만 그래도 맛있다. 쩝쩝……."

"뭐? 무술을 익히려고 매운 고추를 먹었다고? 그게 무슨 말이야?"

영미의 중얼거림을 들은 오민혁이 의아해하며 물었다.

"아, 그런 것이 있어요. 많이 알면 다쳐요. 헤헤……."

영미는 자기도 모르게 나온 말에 당황했지만 대충 얼버무리며 끓기 시작하는 매운탕으로 눈길을 돌렸다.

"눈이 너무 크고 정말 예쁘기도 하고 매운 고추도 잘 먹고 하는 행동도 참 특이한 학생이네."

아주머니는 영미를 힐긋 보며 주방으로 들어가 버렸다.

밥 한 공기가 금방 영미 뱃속으로 사라졌다.

매운탕도 그 뜨거운 것을 잘도 먹는다. 오민혁은 그런 영미가 너무도 맘에 든다. 영미 먹는 것만 바라봐도 배가 부르다. 오민혁은 밥은 먹을 생각도 하지 않고 계속 영미만 바라보고 있었다.

선녀 이야기

"누나! 나 너무 힘들어. 이제 걸어가자?"

준석은 얼굴에 땀을 뻘뻘 흘리며 산비탈을 내려오고 있었다.

"선녀 누나! 나 힘들다니깐? 좀 쉬었다 갈까?"

준석은 눈으로 흘러 들어가는 땀을 소매에 닦으며 등에 업힌 선녀에게 물었다.

"누나! 정말 힘들다니깐!"

준석이 아무리 말을 해도 선녀는 아무런 대답이 없었다.

"······!"

준석은 선녀가 잠이 들었다는 사실을 알았다.

"헉! 뭐 이런 여자가 다 있지. 생전 처음 보는 남자 등에서 잠들다니. 하하. 이거야 정말 골치 아픈 숙제다. 처음엔 그렇게 가볍더니 이젠 정말 힘들다. 아직 자동차 있는 곳까진 한참을 가야 하는데, 에구. 준석이 생전에 이런 괴물을 만나게 될 줄이야. 앞으로 이 골치 아픈 숙제를 어떻게 풀어나갈지 생각만 해도 끔찍하다."

준석은 속으로 투덜거리며 숲속을 헤치고 계속 산비탈을 내려가고 있었다.

"헉! 저게 뭐야!"

문직이와 혜미는 자동차 주차해 놓은 곳에 도착해 무엇인가 발견하고 무척 놀라고 있었다.

하얀 코란도 지프 옆에는 커다란 여행용 가방이 하나 놓여 있었다.

문직이와 혜미가 놀란 것은 여행용 가방 위에 웅크리고 있는 동물

우주에서 온 소녀의 21세기 암행어사 ❷

때문이다.

모두 두 마리였다.

한 마리는 검은색에 긴 꼬리를 반달 모양으로 치켜들고 번쩍이는 눈으로 문직이와 혜미를 무섭게 노려보고 있었다,

몸집은 작은 고양이만 했다.

또 한 마리는 귀여운 다람쥐였다.

물론 귀여운 모양의 다람쥐였지만 지금은 문직과 혜미를 무섭게 노려보며 경계를 하고 있었다.

"무서워……!"

혜미는 얼른 문직이 등 뒤로 숨었다.

"무섭긴 뭐가 무서워? 이놈들을 그냥!"

문직은 혜미를 왼손으로 감싸며 오른손으로 옆에 있는 참나무 마른 가지를 하나 꺾어 들었다.

"근데 저 가방은 뭐야?"

혜미가 문직이 등 뒤에서 고개를 내밀어 여행용 가방을 보며 물었다.

"글쎄, 혹시 준석이가! 그렇다면 뭔가 해결했다는 뜻인데. 준석이는 어딜 갔지!"

문직이가 이리저리 머리를 굴려 보았지만 도무지 알 수 없었다.

"혹시……! 어떤 사람이 차를 훔쳐 타고 가려다 가방만 놔두고 도망간 것 아닐까? 아니면 근처에 숨어 있던가."

혜미가 문직이 허리를 두 팔로 꼭 잡고 두려움에 떨며 말했다.

"우선 저 무서운 동물부터 쫓아 버리고 가방을 한번 살펴보자!"

문직은 그렇게 말을 하며 오른손에 들고 있는 참나무 마른가지를

휘둘러대며 가방을 향해 천천히 다가갔다.

"오빠…… 무서워!"

혜미는 문직이 왼손을 두 손으로 꼭 잡고 뒤를 따르며 벌벌 떨고 있었다.

"무섭긴……! 이놈들 저리가! 휘이. 휘이."

문직이 소리치며 참나무 마른가지를 휘둘렀다.

"컄."

"찌익. 찍."

검은 동물과 다람쥐가 동시에 괴상한 소리를 냈다.

그때였다.

퍽……!

"어이쿠."

퍽.

퍽.

"으악……!"

뭔가 문직이 머리를 수없이 때리며 바닥으로 떨어졌다.

문직이는 비명을 질렀다.

퍽.

퍽.

"으아아악!"

문직이 주저앉으며 비명을 지르고 있었다.

"오, 오빠!"

혜미는 얼른 문직이 머리를 자신의 몸으로 감싸 안았다.

자신도 모르게 한 행동이었다.

"으으…… 뭐지!"

문직은 정신을 차리고 자신을 때린 것이 뭔가 확인을 하려고 땅바닥을 살펴보았다.

"헉! 이건!"

문직은 어이가 없었다.

자신을 때린 것은 비쩍 마른 작은 솔방울들이었다.

"누가!"

문직은 고개를 들어 위를 보았다.

"허억! 저, 저건 또 뭐지!"

문직은 머리 위 높은 소나무 위에 웅크리고 앉아 있는 커다란 검은 새를 바라보며 눈을 의심했다.

"세상에! 저렇게 큰 새가 있었단 말인가! 도대체 무슨 새지!"

문직은 자신이 꿈을 꾸고 있다고 생각했다.

큰 소나무를 다 덮고 앉아있는 검은색 새는 문직이가 보기엔 자동차보다 더 커 보였다.

"오, 오빠!"

혜미도 문직이 눈길을 따라 위를 바라보고 기절할 듯 놀라 문직이 가슴으로 파고들었다.

"끽. 끽."

"찍. 찍."

가방 위에 다람쥐와 검은 동물이 마치 우습다는 듯 팔딱팔딱 뛰며 소리는 지르고 있었다.

문직이와 혜미는 서로 부둥켜안고 벌벌 떨고 있었다.

"녀석들 뭐하냐?"

언제 왔는지 준석이가 문직이 등 뒤에서 말했다.

"헉! 준석아! 저, 저기……!"

문직은 준석이 존재는 확인도 하지 않고 공중을 가리켰다.

"오빠! 무서워. 이게 다 뭐야?"

혜미가 준석을 확인하고 일어서며 가방 위에 두 동물을 손가락으로 가리키며 물었다.

"하하……."

준석은 아무 일 없다는 듯이 웃기만 하였다.

"오빠!"

혜미가 준석에게 소리를 꽥 질렀다.

"이 바보들은 또 뭐야?"

준석이 등 뒤에서 선녀가 걸어 나오며 준석에게 물었다.

"헉! 누, 누구?"

"누, 누구?"

문직과 혜미가 동시에 선녀의 존재를 확인하고 놀라 준석에게 물었다.

"아! 인사해! 이분은 바로 선녀. 누님이시고. 이쪽은 제 친구들입니다. 누님."

준석이 얼른 서로 소개를 시켰다.

"헉! 서…… 선녀! 아, 안녕하세요!? 전 문직이라고 합니다."

문직이 말을 더듬으며 인사를 했다.

"호호. 문지기라. 호호…… 야! 바보야! 너네 집 문지기냐?"

선녀가 웃으며 준석이 등을 손으로 '탁' 치며 물었다.

"문지기가 아니고 문직이라고요!"

준석이 말했다.

"이런! 바보! '문지기가 아니고 문지기라고요'가 뭐야? 호호…… 그 말이 그 말이지. 호호. 알았어! 앞으로 문지기라 부를게. 음……! 음……! 무슨 문지기라 부르지! 음……! 그, 그래! 화장실 문지기라 불러야지! 호호…… 그럼 넌 뭐냐? 인사도 없이 뭘 그렇게 빤히 쳐다봐?"

선녀가 이번엔 혜미를 바라보며 호통을 쳤다.

"오빠! 이 여자 도대체 뭐야? 뭐 이런 것이 다 있어! 예의도 없이!"

혜미가 발끈해서 준석에게 화풀이를 했다.

문직이에게 화장실 문지기라 했으니 혜미가 화가 날 만도 했다.

문직이 역시 준석이 누님, 누님 하니깐 화가 나도 꾹 참고 있는 것이다.

"이거 바보들 중에 그래도 제일 똑똑하네! 음! 그래도 어른한테 대들었으니 맞긴 맞아야지! 호호……."

선녀가 그렇게 말을 하며 공중을 잠깐 쳐다보았다.

그때였다.

픽.

픽.

"으아악!"

서너 개의 솔방울들이 혜미의 머리를 때리며 땅바닥으로 떨어져 내렸다.

혜미는 비명을 지르며 주저앉았다.

"으앙…… 흑흑…… 이게 뭐야! 으앙…….”

혜미가 주저앉아 울음을 터뜨렸다.

"누님 이제 그만 하세요! 그리고 혜미야! 문직아, 가면서 자세한 이야기를 해 줄 테니. 우선 선녀 누님께 혜미는 인사를 하고 떠날 준비나 하자!"

준석이 한 손으로 혜미 손을 잡아 일으키며 말했다.

"아, 알았어! 오빠! 아, 안녕하세요? 전 혜미라 해요."

혜미가 마지못해 인사를 했다.

"앙. 이제 귀엽네. 호호…… 혜미라……! 성은 뭐지?"

선녀가 부드럽게 말을 하며 한 손으로 혜미 머리카락을 살짝 쓸어넘겨주고 있었다.

"강, 강혜미에요!"

혜미가 조금은 안정된 목소리로 대답했다.

"그래……! 강혜미. 참 고운 이름이구나! 앞으로 날 언니라 불러라! 이제부터 너 강혜미는 나 선녀의 동생이 되는 거야! 알았지?"

선녀가 두 손으로 혜미 양 볼을 어루만지며 다정하게 말했다.

"네! 네!"

혜미는 엉겁결에 대답했다.

혜미와 선녀가 이야기를 하는 사이 문직은 선녀를 바라보며 생각에 잠겨 있었다.

'도무지 알 수 없는 여자다. 준석이도 그렇고. 나이도 우리보다 그리 많지 않은 것 같은데. 준석이 꼬박꼬박 존댓말을 쓰고. 자세히 보면 볼수록 기가 막힌 미인이다. 정말 선녀일까.'

문직은 생각을 하면 할수록 점점 수렁 속을 헤매는 느낌이었다.

"자! 문직아! 가방 차에 실어라! 가자!"

준석이가 코란도 앞문을 열고 들어가 시동을 걸며 소리쳤다.

문직이는 정신을 차리고 가방을 옮기려고 가다가 멈칫했다.

아직도 그 두 동물이 웅크리고 있었기 때문이다.

"아두! 휘야! 이리 와!"

선녀가 두 동물을 향해 소리쳤다.

두 동물은 쪼르르 달려와 선녀 양쪽 어깨로 한 마리씩 올라갔다.

"허……!"

문직은 기막힌 표정을 지으며 가방을 코란도 뒤쪽 트렁크에 넣었다.

"누님! 타세요!"

준석이 선녀에게 소리쳤다.

"혜미도 얼른 타라!"

문직이도 혜미에게 말했다.

"바보야! 잠시 기다려! 엄마에게 작별 인사드려야지!"

선녀가 갑자기 울먹이는 목소리로 말했다.

"엄마?"

준석은 선녀가 엄마라는 말에 주위를 두리번거리며 살펴보았다.

아무도 보이지 않았다.

"엄마가 어디에? 헉!"

준석은 선녀에게 묻다가 선녀 행동을 보고 몹시 놀랐다.

문직이와 혜미도 놀라기는 마찬가지였다.

"엄마! 어떻게…… 흑……."

선녀는 소나무 위에 앉아 있는 커다란 새를 향해서 공손히 인사를 하며 울기 시작했다.

더욱 놀라운 것은 소나무 위에 큰 새가 말을 한다는 것이다.

"울지 마라! 선녀야!"

큰 새가 자상한 목소리로 말을 했다.

준석 일행은 이 놀라운 광경에 넋을 잃고 말았다.

"응! 울지 않을게! 하지만, 하지만 자꾸 눈물이 난다. 엄마! 난 울보인가 봐!"

선녀는 소매로 눈물을 훔치며 말하고 있었다.

"선녀야! 다시 돌아올 텐데. 울긴……!"

큰 새가 말했다.

"엄마가 보고 싶어! 비켜줄래?"

선녀는 갑자기 손을 흔들었다.

"헉! 저게 도대체……! 뭐지!"

준석도 문직이도 혜미도 모두 소나무 위에 큰 새를 바라보며 놀라 소리쳤다.

소나무 위의 큰 새가 마치 조각조각 분해되듯 흩어져 날고 있었다.

"헉! 저건! 날다람쥐다!"

준석이 놀라 소리쳤다.

소나무 위의 새는 처음엔 새처럼 보였지만 새가 아니었다.

한 마리씩 한 마리씩 흩어져 날아가는 모습을 보니 수없이 많은 날다람쥐들이었다.

"저렇게 많은 날다람쥐가! 새 같은 형상을 하고 앉아 있었구나!"

준석은 날다람쥐가 흩어지는 모습을 넋을 놓고 바라보고 있었다.

"헉! 저, 저것은!"

또다시 문직이와 준석이와 혜미 입에서 동시에 놀라움의 탄성이 흘러나왔다.

날다람쥐가 흩어진 자리에 하얀 동물 하나가 남아 있었기 때문이다.

날다람쥐가 하얀 동물을 감싸고 있었던 것이다.

"엄마! 나중에 꼭 돌아올게! 울지 마! 나도 울지 않을게! 응?"

선녀가 하얀 동물을 보고 말을 했다.

그 하얀 동물이 선녀의 어머니였던 것이다.

"그래! 그래! 선녀 착하다!"

그 하얀 동물이 자상한 여자 목소리로 말했다.

"엄마! 아부지 잘 보살펴주고! 선녀가 돌아올 때까지 몸 건강해야 해?"

선녀가 눈물을 소매로 훔치며 억지로 미소를 지었다.

"선녀도 건강해야 해! 얼른 가라! 엄마도 갈게!"

하얀 동물이 웅크리고 있던 자세를 쫙 펼쳤다.

"헉! 저. 저건! 하얀 날다람쥐 같은데! 크다!"

준석은 놀라며 속으로 소리쳤다.

날개를 펼친 모습이 영락없는 날다람쥐였다.

하얀 색깔에 크기는 날개를 펼친 모습이 큰 독수리만 했다.

"세상에…… 저런 동물이 있었다니!"

준석은 핸드폰에 사진이라도 찍어야 하겠다는 생각에 얼른 주머니 속으로 손을 집어넣었다.

"엄마! 안녕!"

선녀가 마지막 인사를 하고 있었다.

푸드드득.

하얀 날다람쥐는 공중으로 날아올랐다.

푸드드득.

수많은 날다람쥐들이 순식간에 하얀 날다람쥐를 감싸고 멀리 날아가 버리고 말았다.

"젠장!"

준석이 한발 늦은 것이다.

문직과 혜미는 마치 꿈을 꾸는 표정으로 멀리 사라지는 날다람쥐 떼와 선녀를 번갈아 바라보며 넋을 놓고 있었다.

"저 바보들! 사진이라도 찍어두지."

준석은 사진을 못 찍은 아쉬움을 문직과 혜미에게 화풀이하고 있었다.

"바보야! 뭘 그렇게 보고 있어? 얼른 가자!"

선녀가 뒷좌석에 올라타며 준석에게 핀잔을 주었다.

"웅! 아차! 네! 알았습니다! 누님!"

준석은 얼른 정신을 차리고 차를 몰기 시작했다.

선녀 양쪽 어깨에는 아두라는 이름의 날다람쥐와 휘야라는 이름의 검은 동물이 웅크리고 있었다.

"언니! 이 동물은 뭐예요?"

혜미가 검은 동물을 가리키며 물었다.

"웅! 얘가 휘야. 얘는 아두."

선녀는 검은 동물과 날다람쥐를 차례대로 가리키며 말했다.

"아두는 날다람쥐로 알고 있는데. 휘야는?"

혜미가 검은 동물이 무엇인지 모르겠다는 투로 물었다.

"그건! 청설모란 동물이야!"

준석이 대신 대답했다.

"바보가 그래도 아는 것도 있네! 호호."

선녀가 웃었다.

"누님! 아까 그 엄마. 어떤 사이죠?"

문직이 궁금증을 참지 못하고 선녀에게 물었다.

"역시 화장실 문지기는 바보 중에 바보야. 엄마도 모르니? 넌 엄마도 없어?"

선녀가 문직이 물음이 이해가 가지 않는다는 투로 말했다.

"호호. 오빠가 드디어 임자를 만났네! 호호. 언니! 저 오빠 바보란 걸 어떻게 알았어요?"

혜미가 옆에서 맞장구를 쳤다.

"하하하."

준석이 호탕하게 웃었다.

선녀를 태운 코란도 지프는 참나무 숲 좁은 길을 덜커덩거리며 천천히 내려가고 있었다.

서울.

10여 명은 앉을 수 있는 긴 가죽 소파가 양쪽으로 하나씩 놓여있고.

그 가운데 긴 통나무 탁자가 하나 놓여 있었다.

탁자 위에는 청자 모양의 꽃병이 양쪽 가운데 각각 하나씩 장미꽃이 듬뿍 담긴 채 놓여 있었다.

장미꽃은 붉은색, 노란색, 하얀색이 조화를 이루며 담겨 있었다.

소파 옆으로는 화려한 무늬로 치장을 한 커다란 나무 책상이 하나 놓여 있었다.

역시 책상 위에도 장미꽃이 담긴 꽃병이 하나 놓여 있었다.

그 꽃병 옆으로 검은색 삼각 명패가 하나 놓여 있었다.

명패에는 이렇게 쓰여 있었다.

서울시장 이선국.

책상 안쪽에는 가죽으로 된 검은색 높은 의자가 하나 놓여 있었다.

그 의자에는 말끔하게 깎은 머리에 안경을 쓴 남자가 앉아 있었다.

남자는 40대 후반 정도로 어디서나 볼 수 있는 이웃 동네 아저씨 같은 평범한 외모였다.

잠이 들었는지 남자는 눈을 지그시 감고 미동도 하지 않았다.

똑똑.

누군가 노크하는 소리에 남자는 감았던 눈을 뜨며 자세를 바로 했다.

"들어와!"

남자는 짤막하게 말했다.

시장실 문을 열고 들어선 사람은 여자였다.

이제 20대 초반 정도로 보이는 여자.

서울시장 비서 문영주.

올해 23살.

"커피 가지고 왔습니다!"

영주는 커피잔을 남자 앞 책상에 놓고 꾸뻑 인사를 하며 다시 밖으로 사라졌다.

남자는 커피잔을 들고 한 모금 마셨다.

바로 그때였다.

전화 받으세요. 전화 받으세요.

남자의 주머니 속에서 들리는 소리였다.

남자는 손을 주머니에 넣고 핸드폰을 꺼내 유심히 살피며 고개를 갸우뚱했다.

모르는 전화번호가 찍힌 것이다.

남자는 잠시 망설이더니 핸드폰을 열었다.

"여보세요?"

별로 내키지 않은 듯 남자의 목소리는 귀찮다는 뜻이 역력했다.

"이선국 씨?"

전화를 건 남자가 확인하듯 물었다.

"그렇습니다만?"

남자 그는 바로 서울시장 이선국이었다.

준석이 아버지 이선국.

"이자 동자 국자 되시는 분을 아시죠?"

전화를 건 남자가 말했다.

"헉! 당신은 누, 누구요?"

이선국은 몹시 놀란 표정이었다.

"나는 그분의 아들. 당신이 저지를 과거를 잊지는 않았겠지?"

전화를 건 남자가 말했다.

"흠……! 그렇소! 어찌 잊겠소. 그분은 지금 어떻게 지내고 있소?"

이선국은 몹시 괴로운 표정으로 말했다.

"흥! 그래도 죄의식은 있는 모양이군요? 당신이 저지를 과거의 죄악을 언론에 퍼뜨리면 당신 정치생명도 끝이란 것을 알고 있겠지요?"

핸드폰 속의 남자 목소리는 몹시 흥분돼 있었다.

"난 지금도 그 순간의 잘못을 뼈저리게 뉘우치고 있소이다. 그래! 전화를 하신 목적은? 설마 이제 와서 복수를 하겠다는 것은 아닐 테고?"

이선국은 전화를 건 사람이 뭔가 요구를 하려 한다는 것을 눈치챘다.

"역시! 그렇습니다! 당신을 매장시켜봐야 이제 와서 뭘 하겠소! 모든 것을 묻어두는 대신 조건이 하나 있소이다!"

전화를 건 남자가 말했다.

"조건? 말씀하시오! 무슨 조건인지 할 수 있는 것이라면 뭐든 들어드리다! 이것은 내가 매장되는 것이 두려워서가 아니라. 단지 과거의 잘못을 조금이나마 사죄드릴 수 있다면 하는 생각에서입니다."

이선국은 진심이었다.

"좋소! 당신의 그 말을 한번 믿어 보리다! 지금 당신 아들 준석이가 한 여자를 데리고 당신 집으로 가고 있습니다. 이름은 그냥 선녀라고만 알면 됩니다. 그 아이가 누구며 나와 무슨 관계인지, 그런 것은 모르셔도 됩니다. 단지 그 아이가 당신 집에 머물게 해주시고 머무는 동안 절대 울리거나 그 아이 신상에 어떠한 일이 생겨도 안 됩니다. 해달라는 것은 다 해주시고, 언제나 자유롭게 즐겁게 그렇게 지내도록 신경을 좀 써달라는 것입니다. 만약 그 아이가 슬퍼하거나, 어디론가 사라지거나, 다치거나, 괴로워한다면 난 당신 과거는 용서해도 그것만은 절대 용서할 수 없다는 것을 알아두십시오!"

전화를 건 남자의 목소리는 단호했다.

"흠! 좋습니다! 최선을 다하겠습니다! 과거의 죄를 조금이나마 갚는다는 생각으로."

이선국이 진심으로 말했다.

"고맙습니다! 오래 걸리지는 않을 겁니다! 그리고 좋은 가정교사 하나 붙여서 공부 좀 시켜주십시오! 될 수 있으면 여자가 좋겠지요! 부탁합니다!"

전화를 건 남자는 목소리가 공손해졌다.

"최선을 다하겠습니다! 염려 마십시오!"

이선국이 말했다.

"그럼 이만."

전화를 건 남자는 마지막 인사를 그렇게 했다.

전화는 끊어졌다.

이선국은 핸드폰을 놓고 천장을 멍하니 쳐다보고 있었다.

이선국 눈가에 눈물이 주르르 흘러내렸다.

"아, 내 생애 단 한 번의 실수가. 내 잘못이었다. 내가 죄인이다."

이선국은 눈물을 흘리며 회한에 젖어 있었다.

하얀 벚꽃과 노란 개나리꽃이 조화를 이루며 높은 광고 간판을 둘러싸고 둥글게 작은 동산을 이루고 있었다.

문막 휴게소.

광고 간판에는 그렇게 쓰여 있었다.

영동 고속도로 중간 지점에 위치한 제법 큰 휴게소다.

준석은 자동차를 휴게소로 천천히 진입시켰다.

"누나! 배고픈데 맛있는 것 사드릴게요!"

준석이 뒷좌석에 앉은 선녀를 바라보며 말했다.

여기까지 오는 동안 준석은 선녀를 만나게 된 내용을 문직과 혜미에게 모두 말해주었다.

그러나 준석은 물론이고 문직과 혜미 역시 선녀에 대하여 아는 것이 하나도 없었다.

궁금한 것을 물어봐도 선녀는 엉뚱한 말로 대답을 회피했다.

"여기가 휴게소구나! 혜미야! 언니 화장실 가야 하니깐 같이 가자! 언니가 인간 세상은 처음이라 실수 할까 봐. 호호……."

선녀가 혜미 뒷머리를 오른손으로 쓰다듬으며 말했다.

"네! 알았어요!"

혜미는 비록 정체를 알 수는 없는 선녀지만 친근감을 느끼고 있었다.

형제가 없는 외동딸이라 늘 형제가 그리웠던 탓도 있었지만. 선녀가 유난히 혜미에게는 다정하게 행동했다.

"그런데 정말 알 수 없어요! 어떻게 화장실도 알고 휴게소도 알고. 혹시 산속에서만 살았다는 것 거짓말 아니에요?"

문직이 의심스럽다는 눈초리로 선녀를 바라보며 물었다.

"바보야! 아부지가 늘 인간 세상에 대하여 가르쳐 줬다 했잖아! 배운 것도 기억 못하니? 넌 바보니깐 그렇지. 호호……."

선녀는 여기까지 오는 동안 항상 대답이 그랬다.

선녀의 말은 사실이었다.

외팔이가 얼마나 선녀에게 신경을 쓰며 인간 세상에 대하여 교육을 시켰는지 모른다.

옷도 항상 유행하는 옷으로 사다 입혔고.

요즘 세상의 모든 것을 하나도 빼놓지 않고 가르쳐 주었다.

준석은 자동차를 주차해 놓고 차에서 내렸다.

"언니! 화장실 가요!"

혜미가 선녀와 함께 내리며 말했다.

"그래!"

선녀가 혜미 손목을 잡고 걸었다.

"와아!"

갑자기 사람들이 탄성을 지르며 선녀 주위로 몰려들었다.

"뭐지! 왜들 그래!"

혜미는 어리둥절했다.

준석과 문직이도 어리둥절해서 사람들을 바라보았다.

"와! 귀엽다!"

"저런 것도 애완동물이 되는구나!"

"다람쥐 정말 귀엽다!"

사람들이 저마다 한마디씩 했다.

사람들의 시선은 선녀 양쪽 어깨에 앉아있는 청설모와 다람쥐를 보고 있었다.

"호호…… 휘야! 아두야! 사람들이 너희들 귀엽단다. 인사해야지!"

선녀가 웃으며 말했다.

순간 다람쥐와 청설모가 앞발을 들어 흔들기 시작했다.

"와아! 사람 말도 알아듣네!"

"이야! 훈련된 동물인가 봐."

사람들이 감탄하며 한마디씩 떠들었다.

웅성웅성거리며 사람들이 자꾸 모여들었다.

"햐! 저 아가씨 엄청난 미녀다!"

어떤 청년이 선녀를 바라보며 탄성을 질렀다.

그것이 신호탄이 되었다.

"기막힌 미모!"

"너무 아름답다!"

"세상에 저런 미인이!"

사람들이 한마디씩 떠들었다.

'제길! 이건 시작에 불과할 것이다! 서울 가면 골치깨나 아플 것이다!'

준석은 그렇게 생각했다.

"언니! 화장실 어떻게 가죠?"

혜미가 사람들에게 둘러싸여 울상을 지었다.

"가자!"

선녀가 혜미 허리를 한 손으로 감싸 안으며 말했다.

순간 혜미는 자신의 몸이 공중에 붕 뜨는 것을 알았다.

"헉!"

혜미가 놀라 헛바람을 들이켰다.

선녀가 혜미를 한손으로 안은 채 사람들 키를 훌쩍 뛰어넘어 화장실 문 앞으로 날아간 것이다.

"우와!"

사람들이 놀라움의 탄성을 질렀다.

혜미도 놀라기는 마찬가지였다.

비록 오는 동안 준석에게 선녀의 이야기를 듣기는 했어도 이 정도일 줄이야.

선녀와 혜미는 순식간에 화장실로 사라졌다.

사람들은 탄성을 지르며 화장실 문 앞으로 몰려가기 시작했다.

"하하…… 먹을 것이나 사야지. 이거야……!"

준석이 웃으며 매점으로 향했다.

문직은 아직도 정신을 차리지 못하고 선녀가 들어간 화장실 문을 멍하니 바라보고 있었다.

"와아!"

선녀가 혜미와 함께 화장실을 나오자 기다렸다는 듯이 사람들이 환호하며 몰려들었다.

"여러분! 제가 배고파서 먹을 것을 사야 하니깐 좀 비켜주시겠어요?"

선녀가 환하게 웃으며 말했다.

사람들은 선녀가 지나갈 수 있게 길을 비켜주고 있었다.

"언니! 그 다람쥐 뭘 먹어요?"

귀여운 여자아이가 선녀에게 다가와 물었다.

"응! 도토리나 밤, 잣, 곡식들 그런 거 먹는단다!"

선녀가 대답했다.

"언니는 어떻게 하늘을 그렇게 날 수 있어요?"

여자아이가 또 물었다.

"운동을 많이 하면 된단다!"

선녀가 대답했다.

그것이 신호탄이 또 되었다.

"그 검은 동물은 무슨 동물이에요?"

"아가씨는 어디 살아요?"

"아가씨, 전화번호 좀 가르쳐 주면 안 될까요?"

"어떻게 하면 다람쥐와 그 검은 동물을 기를 수 있어요?"

……

사람들의 질문이 봇물 터지듯 터지고 있었다.

"검은 동물은 청설모고요. 언니는 아직 핸드폰이 없고요. 음……
다람쥐 기르는 것은 저도 몰라요!"

혜미가 열심히 대답했다.

"아가씨! 여기 밤이 있는데, 다람쥐 주면 안 될까요?"

어떤 청년은 언제 구했는지 밤을 한 움큼 들고 왔다.

"고마워요! 아두야, 밤 받아먹어라! 고맙다고 인사하고!"

선녀가 말했다.

푸드드득.

선녀 어깨에 있던 다람쥐가 날개를 펼치고 날아 청년의 손으로 갔
다.

"와아! 다람쥐가 날아간다!"

"날다람쥐구나!"

사람들이 다시 탄성을 질렀다.

아두는 청년의 손에서 밤을 하나씩 입에다 넣기 시작했다.

순식간에 한 움큼 밤이 아두 입속으로 사라졌다.

아두는 두 발을 들어 청년에게 흔들어 보이더니 다시 날아가 선녀
어깨에 앉았다.

"아두가 고맙다네요! 감사합니다!"

선녀가 밝은 미소를 지으며 청년에게 인사를 했다.

그것이 다시 신호탄이 되고 말았다.

사람들이 하나둘씩 뭔가를 사서 가지고 오기 시작했다.

선녀 먹으라고 오징어구이, 김밥, 감자떡, 닭다리 튀김, 각종 과자 등등.

아두와 휘야 먹으라고 잣, 땅콩, 호두, 밤 등등.

준석이 매점을 나오다 이 광경을 보고 서둘러 떠나야겠다는 생각을 했다.

준석은 얼른 자동차로 뛰어가 시동을 걸고 자동차를 몰아 선녀 옆으로 갔다.

"누나! 얼른 타세요! 갑시다!"

"혜미. 문직이도 얼른 타라!"

준석이 차 문을 열고 소리쳤다.

혜미가 먼저 타고 문직이 뒤따라 차에 올라탔다.

"여러분! 전 이만 가봐야겠어요! 오늘 관심 고마워요!"

선녀는 사람들에게 공손히 인사를 하고 차에 올라탔다.

"못 말린다니깐!"

준석이 기막히다는 듯 중얼거렸다.

"와아!"

"잘 가세요!"

사람들이 손을 흔들며 인사를 했다.

어떤 청년들은 자동차 번호를 수첩에 메모하고 있는 모습이 준석의 눈에 보였다.

"에휴! 앞으로의 일이 안 봐도 뻔하다. 아무튼 어려운 숙제다. 서울 올라가면 부모님들도, 수경이도 난리겠군! 친구들은 또 어떻고."

준석은 생각만 해도 끔찍했다.

준석은 서둘러 자동차를 몰았다.

"허! 기막히군!"

준석이 백미러로 자동차 뒤를 보며 혀를 내둘렀다.

수많은 자동차들이 준석의 차를 따라 휴게소를 나오기 시작했던 것이다.

아마도 서울까지 따라올 것이다.

아니 따라오는 자동차는 점점 많아지면 많아졌지 줄지는 않을 것이다.

준석은 그렇게 느꼈다.

"저들 중에는 기자들이나 그 친구 친척도 있을 것이고. 대부분 청년들일 것이다. 우선 선녀 누님의 미모에 반해 버린 청년들이 대부분일 것이고. 사람들 키를 훌쩍 날아 넘어간 선녀 누님 때문에 더욱 많은 사람들이 따라오는 것이다. 어떻게 하든 따돌리고 가야 하는데. 그냥 저들을 다 데리고 집에 갔다가는. 생각만 해도 끔찍하다."

준석은 그렇게 생각하며 차량 속도를 높이기 시작했다.

"언니 따라다니면 굶어 죽지는 않겠다! 호호."

혜미는 사람들이 사다 안겨준 물건들을 바라보며 호들갑을 떨었다.

과자며 먹을거리가 의자 한쪽에 수북이 쌓여 있었다.

모두 혜미가 안고 차에 탄 까닭이다.

"누님 인기가 그 정도인 줄 몰랐네요!"

문직이 한마디 했다.

"오빤! 사람 보는 눈이 그래서야 어디. 쯧쯧. 언니 미모가 보통 미모인 줄 알아? 여자인 내가 봐도 가슴이 콩콩 뛰는데. 호호……."

혜미가 자신의 생각을 솔직히 말했다.

"혜미도 예뻐! 얼마나 예쁜데."

선녀가 혜미 양 볼을 두 손으로 매만지며 말했다.

"에구! 여자들이란 모두 공주병에 걸려서."

준석이 퉁명스럽게 말했다.

"하하. 두 공주병이네."

문직이 맞장구를 쳤다.

"얼굴 예쁜 것도 병이야?"

선녀가 혜미에게 물었다.

"아뇨! 못생긴 남자들이 질투하는 말이에요!"

혜미가 시치미를 떼며 말했다.

"하여간! 바보들은 다르긴 다르구나! 그러니 바보들이지. 호호……."

선녀가 까르르 웃고 있었다.

혜미도 따라 웃었다.

영동 고속도로 위로.

준석의 자동차를 가운데 두고 수많은 차량들이 몰려가고 있었다.

“

핵무기가 최고는 아니야 눈에 보이지 않는 바이러스가 그
핵무기만 갉아 먹을 것이니
이미 내가 만들어 지구에 퍼뜨렸어.

”

제3장

악마의 숨결

서울 성산동.

다 낡은 간판 하나가 슬레이트 지붕 위로 삐꺽. 삐꺽. 소리를 내며 떨어질 듯이 위태롭게 걸려 있었다.

흰색 간판에는 붉은 글씨로 이렇게 쓰어 있었다.

약속다방

호화로운 주택가에 유난히 낡고 초라한 슬레이트 건물.

이곳 성산동 일대의 모든 남성들은 이곳을 모를 리 없다.

축축한 음담패설과 여인의 애교가 온종일 젖어 나오는 곳.

일명 티켓다방.

돈을 주면 2차, 3차도 따라나서는 레지들이 사내들을 유혹하는 곳.

이 다방의 마담은 고 마담이라 부르는 경상도 아줌마였다.

그 아래 고참 레지가 있었는데 나이는 겨우 23살, 이름은 심정희. 얼굴도 예쁘고 몸매도 좋아 뭇 남성들에게 최고의 인기를 누리고 있는 이 다방의 보배였다.

초여름 어느 날.

그 다방에 한 초보 레지가 들어오면서부터 이야기는 시작된다.

나이 18세, 이름은 그냥 나주라 불렀다. 전라도 나주에서 데리고 온 벙어리 소녀였기 때문이다.

아침 일찍 다방 주인 박씨가 머리채를 붙잡고 질질 끌다시피 데리고 온 벙어리 소녀.

헌데 우연일까?

그 벙어리 소녀의 얼굴이 이 다방 고참 레지 심정희와 판에 박힌 듯이 똑같았다.

혹시 쌍둥이?

그러나 나이가 5년이나 차이가 났고 심정희의 고향은 경기도 양평이며 벙어리 소녀의 고향은 전라도 나주라 했다.

벙어리 소녀를 본 심정희는 부르르 온 몸에 경련을 일으키고 있었으니.

밤. 깊은 밤, 산속.

어둠.

세상이 모두 어둡다.

아무것도 보이지 않았다.

어둡고 깊은 산골짜기 큰 소나무 밑.

"으으으……."

가는 신음 소리가 새어 나오고 있었다.

잠깐 구름 사이로 달빛이 흘러나와 골짜기를 비추었다.

"으으으……."

분명히 사람의 신음 소리. 그것도 여인의 가냘픈 신음 소리지만 어디에도 사람의 그림자는 보이지 않았다.

"으으으……."

등골이 오싹할 정도로 공포의 가냘픈 여인의 신음 소리는 계속 흘러나오고 있었다.

다시 달빛은 구름 사이로 숨고 한 치 앞도 볼 수 없는 어둠이 골짜기를 덮었다.

"으으으……."

여인의 신음 소리가 조금 크게 들리는가 싶더니.

부스럭부스럭…….

뭔가 움직이는 소리가 들렸다.

다시 달빛이 구름 사이로 비추기 시작했다.

헌데,

소나무 밑 땅속에서 불쑥 튀어나오는 손이 있었으니.

"으으……."

여인의 신음 소리는 더욱 크게 들리고 땅속에서 튀어나온 손은 뭔가를 잡으려는 듯 허우적거리기 시작했다.

으음!!!

근처 작은 나뭇가지를 손은 꼭 움켜쥐며 안도의 한숨을 토해내고 있었다.

그리고 땅이 조금씩 들썩거리며 흙을 뚫고 차츰 사람의 형상이 위로 올라오기 시작했다. 온몸에 피가 흘러 붉은 모습을 한 여인이 고통의 신음을 토하며 흙구덩이 속에서 밖으로 나와 풀썩 드러눕고 있었다.

헌데, 그 여인의 몰골은 말이 아니었다. 한쪽 팔은 부러졌는지 덜렁덜렁하고 눈 또한 한쪽이 휑하니 뚫려 붉은 핏물이 고여 있었다. 그것만이 아니었다. 두 다리는 제각기 노는 것으로 보아 두 다리 모두 부러진 것 같았다 가슴에도 계속 핏물이 꾸역꾸역 흘러나오고 있었다.

번쩍~
갑자기 누워 있던 여인의 한쪽 눈이 광채를 발하기 시작했다.
두리번두리번.
뭔가를 찾던 여인의 눈이 어느 한곳에 머물며 하얀 치아를 드러내고 미소를 짓고 있었다. 그렇게 고통스러워하던 신음 소리는 멈춘 지 오래다.

여인의 한쪽 눈이 머무는 곳 거기엔 금방 낫으로 벤 듯 손가락 굵기의 나뭇가지가 놓여 있었다.
여인은 그 나뭇가지를 잡으려고 손을 뻗었으나 손이 나뭇가지까지 가지를 않았다.
여인은 한 손을 움직여 나뭇가지를 향해 기어가기 시작했다.
두 다리와 한 손을 못 쓰는 상태라 그 속도는 너무도 느렸다. 한참을 기어 나뭇가지를 손에 잡은 여인은 안도의 한숨을 쉬며 다시 방금 나온 흙구덩이 옆으로 기어 왔다.
여인은 뾰족한 나뭇가지를 한 손으로 쳐들더니 자신의 허벅지에 힘껏 내려찍었다.

"으윽."

여인의 입에서 다시 신음이 흘러 나왔다 그러나 여인은 계속 자신의 허벅지를 그 나뭇가지로 찍고 또 찍었다. 피가 튀고 허벅지에 구멍이 뚫려도 계속 그 한곳에 나뭇가지를 박고 있었다.

"으으......"

비록 여인은 고통스러워 신음을 토해도 하나 남은 눈은 희열에 가득 차 있었다.

음!!!

이윽고 여인의 허벅지를 뚫고 나뭇가지는 땅속으로 박히고 있었다. 여인은 반짝 눈에 빛을 발하며 나뭇가지가 땅속에 제대로 박혔는지 흔들어보고 만족스러운 듯 고개를 끄덕였다.

여인은 자신이 나온 흙구덩이를 한 손으로 파내기 시작했다.

나뭇가지가 박힌 여인의 허벅지에서는 계속 검붉은 피가 꾸역꾸역 흘러나오고 있었다.

"으...... 음."

고통의 신음인가 희열인가 알 수 없는 신음을 토해내던 여인은 뭔가를 흙구덩이 속에서 꺼내고 있었다.

헌데.

달빛에 비춘 구덩이 속에는 또 하나의 여인이 있지 않은가.

여인은 자신의 허벅지에서 땅속으로 박힌 나뭇가지를 의지하며 그 흙구덩이 속의 여인을 밖으로 꺼내고 있었다.

헌데, 보라.

우주에서 온 소녀의 21세기 암행어사 ❷

모습을 드러낸 흙구덩이 속의 여인 또한 그 몸 상태가 먼저 나온 이 여인과 다를 게 없었다. 한쪽 눈은 휑하니 뚫려 있고 두 팔은 너덜거리고……. 다행인 것은 두 다리와 몸에는 상처가 없다는 것이었다.

하지만 이미 죽었는지 그 여인은 꼼짝도 하지 않고 있었다.

한참을 고통 속에서 힘들어하던 여인은 마침내 흙구덩이 속에서 한 여인을 들어내고 말았다.

무척이나 힘이 든 듯 숨을 고르던 여인은 죽은 듯이 누워 있는 여인의 가슴에 귀를 갖다 대더니 고개를 끄덕거렸다.

"으…… 가자. 넌 반드시 살아야 된다. 으…….'
처음으로 여인의 입에서 비장한 말이 새어 나왔다.

여인은 죽은 듯이 누워 있는 여인의 입을 벌리고 옷을 찢어 그 여인의 입속을 닦아 주었다. 여인은 자신의 허벅지로부터 땅속으로 박힌 나뭇가지를 뽑아 버렸다.

"크윽."
여인의 입에서 고통 소리가 터져 나왔다 나뭇가지를 자신의 허벅지에서 뽑는 아픔에 자신도 모르게 나온 신음 소리였다.

"가자."
자신의 옷을 찢어 길게 끈을 만들어 죽은 듯이 누워 있는 여인을 자신의 몸에 꽁꽁 묶었다.

"넌 반드시 내가 살려 주마."

여인은 다시 한마디 토해내며 한 손을 이용해 조금씩. 조금씩 산골짜기 아래로 향하기 시작했다 여인이 지나간 자리는 온통 피로 얼룩지고 있었다.

"우석아!"

"네? 아버님?"

"너, 행주에 다녀와야겠다."

경기도 포천에 있는 p 병원은 포천에서 제일 유명한 병원이었다. 병원이 크고 시설이 잘돼 있어서가 아니라 원장 때문이었다.

인심 좋기로 유명하고 불우한 이웃에게 무료로 치료를 해주는 것도 유명한 이유지만 모 대학 강사로 있는 유명한 박사라는 점이 p 병원을 유명하게 만들었다.

밤이 늦어 12시가 다 되어 가는데 원장 심정균은 아들에게 왕진을 갔다 오라고 했다. 그것도 2시간 거리에 있는 행주산성까지. 아들 우석은 이름난 효자이면서 또한 의사였다. 나이 이제 26살. 그러나 두뇌가 남달라 일찍 의과를 졸업하고 합격하여 아버지 일을 돕고 있었다.

우석은 두말없이 자신의 승용차를 몰고 행주로 향했다. 행주에는 심장병을 앓는 가난한 노인이 있었다. 물론 무료 왕진이다.

"우석아! 어디 가니? 같이 가자?"

병원을 나서는데 평소 우석을 그림자처럼 따라다니는 병태가 차를 세우며 우석이 옆자리에 올라탔다. 병태는 p 병원에서 허드렛일을 하는 최씨 아줌마의 외아들이다. 최씨 아줌마는 밥도 하고 청소도 하는 아랫마을 사는 과부 아줌마였다.

"왕진 가는데 아마 오래 걸릴 거야! 넌 내려라."

우석이 병태가 피곤할까 봐 걱정돼서 한마디 했다

"마! 친구 좋다는 게 뭐냐? 힘들고 먼 곳 일수록 같이 가야지 안 그래?"

우석은 그런 병태가 좋았다. 항상 구김살 없고 활발한 성격에 마음이 한결같아서 꼭 맘에 드는 친구였다.

"너희 아버지. 아니, 박사님은 정말 천사님 같아. 아마 나중에라도 복 많이 받으실 거야!"

병태가 늘 하는 말을 오늘도 빼놓지 않고 한마디 한다.

"짜슥. 기름은 잘 치는데 왜 출세를 못 했지?"

우석이 빙긋 웃으며 농담을 건넸다.

"임마! 비빈다고 다 출세 하냐? 언덕이 있어야지?"

병태도 농담을 받아넘긴다.

한동안 둘은 말이 없이 뭔가 골똘히 생각을 하고 앉아 있었다. 차는 어느덧 고양시로 접어들고 있었다.

이제 조금만 더 가면 목적지인 황 노인이 사는 판잣집에 도착한다.

"갈 때는 내가 운전할게"

병태가 오랜만에 침묵을 깨고 한마디 했다.

"왜?"

우석이 피곤할까 봐 운전을 하겠다는 병태의 마음을 모를 리 없는 우석이 자기도 모르게 묻고 있었다.

"마! 네가 운전이 서투르니깐 그렇지."

병태는 우석의 마음을 알기라도 하듯 농담으로 대답했다

"넌 과속에다 난폭운전 전문이잖아? 차라리 내가 하는 게 낫지."

우석이 미소를 지으며 말했다 사실 우석은 조심 운전이라기보다 너무도 소심한 운전에 가까울 정도로 속도도 느리고 지킬 것은 다 지키며 천천히 운전을 하기 때문에 병태가 운전을 한 것과는 같은 거리에서도 많은 시간차가 났다. 병태는 말 그대로 과속에 난폭 운전, 어쩌면 곡예 운전에 가까웠다. 하지만 한 가지 운전 실력은 알아줘서 병원 앰뷸런스 운전기사가 없을 때는 병태가 맡아 운전을 했다.

저 아래 한강이 흐르는 모습이 가로등 사이로 보이는 것을 보면 황 노인 집에 다 왔음을 알 수 있었다.

"다 왔다."

우석이 말했다.

"난 차에서 기다릴게."

병태는 의자를 뒤로 젖히고 누워서 잠을 청하기 시작했다. 아마도 우석이 진료를 마칠 때까지 잠을 자려나 보다.

"그래, 푹 자고 있어. 갔다 올게."

우석은 자동차를 비포장도로로 몰아 어느 판잣집 앞에 세우며 말했다. 여기가 심장병을 앓는 황 노인 집이다.

어두운 골짜기.

"으 으……."

아직도 신음 소리는 가느다랗게 흘러나오고 있었다.

흙구덩이에서 50여 미터 내려온 골짜기 입구 작은 언덕 밑이었다.

꿈틀꿈틀 뭔가 움직이는 것이 희미한 달빛 사이로 보이고 있었다. 도무지 사람이나 짐승 같지도 않은 흙덩어리가 움직이는 것 같았다. 아니, 핏덩이라고 하는 것이 옳았다. 소나무 밑 흙구덩이에서부터 비탈진 골짜기가 끝나고 조그만 오르막 언덕이 있는 그 아래서 지금 핏덩이는 움직이고 있었다.

"으으……."

고통을 참으려는 듯 신음 소리는 아주 작게 흘러나오고 있었다. 아까 흙구덩이에서 탈출한 바로 그 여인이었다. 내려오는 길은 쉽게 내려왔지만, 아니 쉽다고 하면 이 여인에게 치욕일 것이다. 온통 피로 물들이며 50미터 남짓 기어 온 시간은 벌써 두세 시간은 흐른 것 같았다. 팔 하나로, 그것도 죽은 듯 미동도 없는 여인을 옆에 매달고 그 여인에게 상처가 나지 않게 하려고 자신의 몸을 돌과 나뭇가지에 찢기며 초인적으로 내려오긴 했으나 이제 오르막이 문제였다. 벌써 한 시간은 여기서 더 이상 앞으로 나가지 못하고 있었다. 올라가다 다시 굴러 떨어지기를 몇 번이나 반복했던가. 이제 여인의 한쪽 눈에는 희망을 잃은 지 오래다. 온몸이 서서히 굳어지고 있을 뿐 아니라 초인적인 정신력으로 버텨온 여인의 몸은 더 이상 말을 듣지 않았다.

"으으…… 이젠 끝이구나. 요 작은 언덕이 나와 동생의 생을 마감하라 하는구나."

여인의 입에서 비통한 한숨이 새어 나왔다.

"으으……."

평소 같으면 단숨에 오를 작은 언덕. 하지만 이 여인의 지금 상태로는 도저히 오르지 못할 언덕이었다. 그도 그럴 것이 한 손으로 오르면 다른 한 손이 있어야 붙들고 있을 텐데 나뭇가지를 잡고 조금 오르면 다시 그 손으로 나뭇가지를 옮겨 잡으려는 순간에 미끄러져 내려오니 도저히 오를 수가 없었다. 특히 동생이라는 여인을 몸에 매달고서는 절대 가망이 없었다.

"크윽. 여기서 끝인가? 안 돼……! 넌 살아야 해. 반드시 살아야 해."

여인은 다시 비장한 눈빛을 발하며 기운을 내어 언덕을 오르기 시작했다.

그러나 결과는 마찬가지. 한 손으로 오르면 다시 미끄러지고 또 오르면 손으로 다른 붙잡을 것을 옮겨 잡는 순간 미끄러져 내려오고 있었다.

얼마를 되풀이 하던 여인의 눈에서 반짝, 이채를 띄고 있었다. 뭔가 오를 수 있는 수단을 알아낸 것일까?

"……! 그래! 입을 사용하면 되겠군! 내가 미쳐 그 생각을 못 했어. 흐흐흐……"

여인은 한 손으로 나뭇가지를 잡고 조금 올라가서 그 나뭇가지를 입으로 꽉 물고 밑으로 미끄러지지 않게 한 동시에 다시 손을 뻗어 위에 나뭇가지나 풀을 잡고 조금씩 조금씩 오르기 시작했다. 여인의 입에서는 나뭇가지에 찔리고 풀에 베여 피가 흘렀지만 그 피는 아주 조금뿐이었다 이미 몸 안에 피가 다 흐른 탓일까?

벌써 희미하게 먼동이 트고 있었다.

여인이 한길 남짓한 언덕을 다 오른 것은 한 시간은 흘러서였다. 너무도 처절한 몸부림으로 언덕을 오른 여인의 한쪽 눈은 희열에 가득 차 있었다.

"크흐흐흐…… 난 드디어 탈출했다. 놈. 네놈도 이젠 끝이다."

여인의 입에서 분노의 통곡 소리가 터져 나왔다. 무슨 사연이 있기에 이 여인은 이렇게 분노할까?

무슨 사연이 있기에 이 여인은 초인적인 정신력으로 무덤을 탈출하고 한 여인을 구하려고 몸부림치는 것일까.

"크흐……."

여인은 몸에 매달은 한 여인의 몸 상태를 살피며 안도의 한숨을 쉬는가 싶더니 그 여인을 감싸 안고 언덕 아래로 데굴데굴 굴러 내려가기 시작했다.

주인공 이야기

영미는 오민혁과 헤어져 동해까지 가는 여객선을 타고 육지에 도착했다.

"휴…… 골동품들을 이용해 오느라 시간만 허비했다. 그냥 바다에서 놀지 말고 날아 올걸. 일본인들을 혼내주지 말고 그냥…… 아니야. 그건 잘했어. 헤헤…… 아무튼 수확은 있었잖아. 뭐 지구까지 와서 서두를 필요야 없지. 천천히 구경도 하고. 헤헤…… 여기가 동해라는 동네구나. 한번 구경이나 다녀야지."

"어라!"

영미는 뭔가를 발견하고 배시시 웃었다. 뭔가 재미난 일을 생각한 모양이다. 영미는 곧장 숲을 날아서 1킬로미터는 되는 거리의 어느 공터에 도착했다.

그곳에는 3명의 남자가 40여 명의 남자들로부터 집단 폭행을 당하고 있었다. 조금만 놔두면 모두 죽을 것만 같았다.

"헤헤 어딜 가든 졸개는 필요하지. 3명을 만들까. 많은 쪽을 만들까. 아냐. 아냐. 너무 많아도 귀찮아. 세 놈이면 충분하지."

영미는 혼자 중얼거리며 고개까지 끄덕이고 천천히 싸움판으로 걸어갔다.

"잠깐! 모두 기다려라."

엄청난 목소리다. 아마 4km 밖에서도 들을 수 있을 정도다. 당연히 싸움은 멈추고 모두 영미를 바라보다 어이없다는 표정을 지었다.

"멈추라니깐. 헤이. 오빠들 잠깐 기다려요. 여기 세분에게 할 말이 있어요. 잠시만 기다려 줄 거죠?"

귀여움 가득한 얼굴로 미소까지 지으며 다 죽어가는 3명에게 다가가는 영미. 많은 사람들이 썰물 빠지듯 뒤로 물러났다.

뭐 어린 소녀가 다 죽어가는 놈들에게 할 말이 있다는데 그 정도쯤은 들어줘도 괜찮겠지, 하는 생각들인 모양이다.

"고마워요. 오빠들."

영미가 눈웃음을 치며 말했다.

"얼른 할 말하고 가거라. 여긴 어떻게 왔지."

"이 외진 곳에 어린 학생이 무슨 일이지."

모두 이제 제정신이 들었는지 한마디씩 했다.

"이런 완전히 삶은 우거지가 다 됐네. 조금만 힘주면 물이 다 빠지겠어."

영미가 3명을 살펴보며 약 올리듯 말했지만 3명은 반박할 힘도 없었다.

"너희들은 무슨 파야? 뭐라고 하더라. 아, 아까 들으니 무슨 갈매기파 어쩌고 하던데. 갈매기가 파를 먹었어? 저기 숫자가 많은 오빠들은 도끼 파라고 했나?"

"그, 그걸 어떻게?"

3명 중 그나마 조금 멀쩡한 남자가 영미를 바라보며 의문스러운 표정으로 물었다.

"너희 갈매기 파는 3명뿐이냐? 아. 상관없고. 이 영미님이 너희들을 구해주고 저기 저 숫자 많은 오빠들을 혼내주면 너희들이 내 부하가 될래?"

영미가 쪼그리고 앉아서 조그만 소리로 장난스럽게 물었다.

"뭐라는 거야?"

남자 하나가 겨우 눈을 뜨며 물었다.

"졸 말이야. 이 영미님이 졸이 필요하거든. 이 영미님을 왕으로 받들고 시키는 심부름을 군소리 없이 할 그런 부하 말이야. 할래?"

영미가 다시 물었다.

"으으…… 별. 뭐 같은."

남자 하나가 막 말을 하려는데 영미가 딱 잘라버린다.

"아, 알았어. 그렇게 하겠다고? 좋아 그럼 영미님이 구해주지."

영미는 벌떡 일어나 뒤도 돌아보지 않고 40여 명 폭력배들을 향해 걸어갔다.

"오빠들. 뒤에 오빠들이 이 영미님 부하가 되기로 맹세한대. 그러니 그만 돌아갈래. 아니면 영미님한테 맞을래?"

몇 걸음 가서 허리에 양팔을 올리고 딱 버티고 서서 하는 영미의 말에 40여 명 폭력배들은 어이가 없었다.

"저년이 뭘 잘못 처먹었나. 귀엽다고 봐줬더니 미친년 아니야."

제일 먼저 욕을 한 남자는 곧 비명을 지르며 나가떨어졌다. 입에서 피가 철철 흐르면서 눈을 허옇게 뒤집고 고통스러워했다.

"미리 경고하는데 이 영미님에게 욕을 하는 놈은 무조건 죽인다. 그러니 입은 항상 조심 하도록."

"저런 미친. 크악⋯⋯."

다시 욕을 하던 남자가 입에서 피를 흘리며 나가떨어졌다. 어떻게 했는지 아무도 알지 못했다. 그냥 처음부터 영미는 그 자리에 그냥 있었던 것처럼 여유롭게 서 있을 뿐이다.

"저런. 저년이. 크악."

욕을 하던 또 다른 남자가 똑같이 입에서 피를 흘리며 나가떨어지자 어린 소녀고 뭐고 무더기로 덤비기 시작했다. 헌데, 무슨 일인가. 영미는 그냥 뒷짐 지고 있는데 희미한 그림자가 폭력배들 사이를 날아다니고 있었다. 폭력배들은 무더기로 쓰러지기 시작했다. 40여 명이 순식간에 땅바닥에 뒹굴고 신음소리를 냈다.

"이제 그만 가라. 재미없어. 얼른 가."

영미의 목소리가 엄청나게 크게 울렸다. 마치 천둥 치듯 엄청난 소리에 40여 명 폭력배들은 슬금슬금 도망치기 시작했다.

"헤헤⋯⋯ 다 도망갔다. 이 누님 솜씨가 어때?"

3명의 남자들 앞에 다시 쪼그리고 앉아 영미가 생글거리며 말했다.

　　　　　　　우주에서 온 소녀의 21세기 암행어사 ❷

"고맙습니다. 구해주셔서."

3명은 이제야 앞에 있는 어린 소녀가 엄청난 고수라는 것을 느꼈다.

"약속 잊지 마. 이제부터 너희들은 이 누님의 부하들이다. 알았지?"

"네, 알겠습니다."

"우두머리가 누구야? 연락처 여기다 남겨."

영미는 핸드폰을 한 남자에게 줬다. 남자는 고분고분 연락처를 영미 핸드폰에 저장했다.

"헤헤…… 많이 시키지는 않을게. 심부름시키면 꾸물대지 말고. 난 꾸물대는 놈은 질색이야. 약속 어기면 죽인다. 명심해."

"네, 네. 아무리 건달이라도 약속은 반드시 지킵니다."

"오! 착하네. 영미님의 부하들이 아프면 안 되지. 어디 보자. 흠. 너는 여기가 많이 다쳤으니 여기에 침 한 방 맞으면 되겠고. 영미는 주머니에서 작은 침을 꺼내 장난스럽게 여기저기 막 찔러댔다. 그런데 보라. 그 많던 상처들이 마치 물감으로 지우듯 순식간에 아물고 있었다.

"너도 여기에 한방. 그리고 요기도."

영미는 두 번째 남자도 몇 번 침을 놔주고. 세 번째 남자도 역시 몇 군데 침과 약을 먹이고 일어섰다.

"어때? 이젠 안 아프지?"

영미가 물었다.

세 남자는 온몸을 움직여 보고 넙죽 엎드려 영미에게 절을 했다.

"감사합니다, 감사합니다. 누님."

"헤헤…… 이 몸이 이래봬도 한가락 하는 의사라니까. 그럼 심부름 시킬 일 있으면 연락하마. 누님은 간다."

말을 마친 영미는 미끄러지듯 멀어져갔다.

"햐……! 우리 지금 뭘 본거지?"

"그러게. 저 누님은 뭐 하는 사람일까?"

"아무튼 우릴 불쌍히 여겨 신께서 도운 것이야."

남자들은 각자 한마디씩 하며 사라져가는 영미의 흐릿한 뒷모습을
바라보고 있었다.

2033년 지구이야기

국영이와 헤어진 수민이는 혼자 한적한 바닷가를 걷기 시작했다.

수민이 얼굴은 무척 굳어 있었고 긴장한 표정이 역력했다.

걸음을 옮기던 수민이가 갑자기 걸음을 멈추며 잔뜩 긴장한 표정으
로 앞을 바라보았다. 저 앞에서 같은 예원예고 교복을 입은 여고생 하
나가 걸어오고 있었다.

"내가 태어나 자라면서 수없이 많은 스승님들을 만났지만 저렇게 강
한 상대는 처음이다. 나에게 자신이 강하다는 것을 보여주며 다가온
다. 너무도 강한 상대다. 국영이와 만나고 함께 다니는 오늘 하루. 알
게 모르게 나를 따라다닌 저 학생의 정체는 뭘까? 허나 다행인 것은
나에게 적대심은 없다는 것이다. 신비롭기까지 한 저 아이는 누굴까?"

수민이는 걸음을 멈추고 걸어오는 여고생을 바라만 보고 있었다.

"강함으로 따지면 최소한 엄마만큼 강하다. 스스로 내가 느끼라고
강함을 드러내 놓고 걸어오는 중이다. 다 감출 수 있는 능력도 있으면
서. 나에게 할 말이 있다는 뜻이다. 나의 도움이 필요하다는 뜻이기도

하고. 뭘까? 들어보면 알겠지."

수민이는 가만히 그녀가 다가오기를 기다렸다.

"안수민. 반가워, 3반에 있는 하나라고 해."

평범해 보이는 얼굴. 어찌 보면 한 번 보고 돌아서면 잊어버릴 그런 얼굴.

"하나? 이름 좋네. 난 수민이야. 무슨 일이야? 나에게 무슨 이야기를 하려고?"

수민이는 담담한 표정을 지으며 물었다.

"큭…… 대단해. 정말 대단해. 이렇게 완벽한 인간이 있으리라고 생각도 못 했어. 아니……! 인간이라고 하기엔 너무 완벽해. 큭…… 지금부터 내가 이야기하는 것을 믿을 수 있겠어?"

하나가 웃으며 수민이에게 물었다.

"응. 그래. 내가 본 사람들 중에 당연 최강이야. 아니 어찌 보면 인간들보다 열 배는 강한 막강한 능력을 가진. 대단해…… 그런 네가 말하는 것이 거짓일 리 없지. 믿을게. 말해봐."

수민이는 하나 얼굴을 뚫어지게 바라보며 하나 표정에서 진실을 읽고 있었다.

"그래, 우선 어디 앉아. 이야기가 길 테니까."

하나가 바닷가 평평한 돌을 손으로 가리키며 먼저 한쪽에 앉았다.

"먼저 내 이야기부터 할게. 수민이 너에 대해서도 무척 궁금하지만 내 이야기부터 마치고 듣기로 할게."

하나가 평평한 돌에 앉아 믿기 힘든 이야기를 시작하였다.

"수민이는 신이란 존재를 알아?"

"신? 하느님, 옥황상제, 염라대왕, 부처님 등등. 인간들이 연약한 마음을 기대려고 의지하는 그런 것?"

"큭…… 그래, 인간들은 신을 그렇게 믿지. 아니 우리도 첨엔 그렇게 믿고 살았어. 하나 신들이란 그런 존재가 아이야. 인간을 사육하는 존재들이지."

"뭐? 사육? 그게 무슨 말이야? 사육이라니?"

"인간들은 뭘 먹고 살지?"

"음식물을 먹고 살지. 그걸 몰라서 묻는 건 아닐 것이고?"

"바로 그거야. 음식물. 인간들은 음식물을 먹고 그 영양분을 섭취해서 살아가므로 몸에 장기들이 언젠가 노후되어 사망하게 되지. 신들은 음식물을 섭취하는 존재들이 아니라 인간의 혼만 섭취하는 존재들이야."

"뭐? 혼을 섭취한다고? 그걸…… 믿으라고? 아니 우선 네 이야기를 다 해봐. 우선 끝까지 듣고 판단할게."

수민이는 믿을 수 없는 하나의 말을 우선 끝까지 들어보기로 했다.

"큭…… 역시 내가 본 인간들 중에 당연 최고야 판단까지도. 그럼 이야기를 시작할게."

하나는 믿을 수 없는 이야기를 시작하고 있었다.

지구에서 무려 0.5광년 떨어진 동물들의 낙원이라는 별, 밀용성.

그 별에도 인간들이 살고 있었다. 인간들은 자신들의 나라를 해의연이라 불렀다. 밀용성의 유일한 나라 해의연. 지구의 3분지 2정도 되는 작은 별. 인간들의 숫자는 많지 않았다. 동물들의 낙원이라고 부르듯 인간들은 겨우 20만 명이 넘어서고 있었다.

인간들을 사육하며 영원한 삶을 위해 인간들의 영혼을 섭취하며 살아가는 신들. 그들은 때로는 혼자만의 식사를 위해 인간들 한 명 한 명씩 죽여 영혼을 섭취하거나 단체로 회식을 위해 수십 명 또는 수백 명을 한 번에 죽게 해서 그 영혼 파티를 열기도 한다는 것을 알아낸 누군가에 의해.

지구보다 무려 300여 년이나 앞선 문명의 별. 그곳에서 하나의 단체가 서서히 움직이고 있었으니……

해의연 유격대.

바로 인간들이 신들에게 저항하려 만든 단체였다. 최강의 인간들을 만들어 한 명 한 명 늘려가며 신들에게 타격을 주기 위해 준비하던 중, 배신자가 생겼다. 신들에게 밀고를 한 대가로 영원한 삶을 얻기로 한 배신자 이철. 그가 신들에게 해의연 유격대 존재를 밀고했고 326명 해의연 유격대가 신들의 암수에 처참하게 죽었다. 허나 해의연 유격대를 비밀리에 만들고 지휘하던 단 한 명은 천국성에서 온 9명의 고수들에 의해 구사일생으로 살아났다. 그리고 지구로 숨어든 배신자 이철을 잡기 위해 여고생으로 위장해 지구로 왔다.

"그가 바로 너라고? 하나 너?"

수민이가 놀랍다는 표정으로 하나에게 물었다.

"맞아! 그게 나야. 내가 해의연 유격대를 창단한 사람이고 그들을 길러낸 사람이기도 해."

"너처럼 어린애가? 그래, 그래. 네 능력 충분히 느끼고 있지만……혹시 본 모습은 감춘?"

수민이가 뭔가 알겠다는 표정으로 묻는다.

"맞아! 내 본 모습은 아니야. 하지만 너에게 본 모습은 보여줄 수 없어. 이유는……"

"아! 알겠어. 본 모습이 뭐가 궁금해. 이렇게 친구로 지낸다는 것이 중요하지. 본 모습을 알면 서로 불편하잖아."

수민이가 손을 들어 휘휘 저으며 이미 알았다는 표정으로 말했다.

"역시 지구라는 별에 너같이 완벽한 인간이 있다는 것이 놀라울 따름이야. 내 이야기에 의문도 품지 않고. 내 모습을 궁금해 하지도 않고. 이미 모든 걸 이해한 그런 표정이란. 큭…… 이거 행운이라고 생각해야 하나."

하나가 묘한 미소로 수민이를 바라보며 말했다.

"왜? 지구에서 다시 해의연 유격대를 만들 수 있다는 생각이 들어?"

수민이가 이미 하나의 의중을 파악한 듯 물었다.

"오! 그래! 그러나 300명이 넘는 유격대원도 20여 신들의 공격에 2일을 넘기지 못하고 전멸했어. 겨우 4명의 신들을 제거하고."

하나가 쓸쓸한 표정을 지었다.

"숫자가 중요하나? 정예로 만들어야지."

수민이가 빙긋 미소를 지으며 말했다.

"큭…… 정예? 좋은 이야긴데. 신들에게 정체가 발각되면 살아날 길은 없어. 영혼이 사라지면 삶을 유지할 인간들은 없거든. 바로 시체가 되니까."

"그야 그렇지만. 영혼을 신들이 가져가지 못하게 하는 방법이 있지 않을까?"

"글쎄…… 지구인들이 말하는 저승사자란 그 실체가 없어. 때로는 신들이 바닥에 굴러다니는 과일 껍질을 저승사자로 만들기도 하고 자동차 또는 미친 사람, 높은 옥상에 있던 화분 등등 뭐든 저승사자로 둔갑시켜 인간들을 죽게 해서 영혼을 섭취하지. 어떻게 신들이 영혼을 가져가지 못하게 할 수 있겠어? 아마 그건 불가능할 거야."

하나가 머리를 흔들며 말했다.

"고대에 보면 봉인이란 말들이 인간들 이야기에 나오는데, 영혼을 봉인한다. 그게 있을 수 있는 방법 또한 잊지 않을까?"

수민이가 말했다.

"봉인? 큭…… 그거 미신 아니야? 아니면 그냥 소설 이야기고? 나도 지구의 책들을 벌써 수 만권 읽었어. 지구인으로 변장하기 위해. 지구에 대한 지식이 필요했거든. 그런데 봉인. 그 이야기는 그냥 허무맹랑한 소설에 불과하더라."

"그래. 그럴지도 모르지. 허나 단 한 사람. 내가 태어나게 만든 사람. 괴물박사, 그를 만나면 뭔가 실마리가 있을 수도 있을 것 같아."

수민이가 말했다.

"괴물박사? 그가 널 만들었다고? 아니 태어나도록 만들었다고? 무슨 이야기야? 이제 네 이야기 좀 해봐."

하나가 초롱초롱한 눈을 빛내며 호기심 가득한 눈으로 수민이를 바라보았다.

"그래, 하나 네가 하는 말. 다른 별에서 왔다는 그 말. 난 믿을 수 있어. 첫눈에 네가 지구의 인간이 아니라는 것을 직감했어. 그렇게 강한 인간이 지구에 존재할 수는 없으니깐. 하지만 미리 이야기하지. 감함은 부드러움만 못해. 아마도 해의연 유격대가 실패한 가장 큰 원인은 강함만 추구한 결과가 아닐까?"

수민이 말에 하나의 두 눈이 더욱 초롱초롱 빛났다.

"난 지구상에서 가장 강하다는 엄마와 아빠를 두고 괴물박사라는 분이 정자와 난자를 양식해서 그가 연구한 최고의 정자와 난자를 이용해 내가 태어났어."

"호오! 정자와 난자를 양식? 길렀다는 것이야?"

하나의 물음에 수민이가 고개를 끄덕였다.

"특이한 방법이야. 우리 해의연에서 내가 유격대를 조직할 때 신체의 조직을 가장 강하게 만드는 의술을 이용한 방법보다 더 특이해. 좋은 방법 같아."

"그래. 특이하지. 그래서 그분 괴물박사를 찾으면 네가 원하는 해의연 유격대를 다시 만들 수 있지 않을까?"

수민이가 자기의 생각을 말했다.

"가능성 있어. 그래, 그분은 지금 어디에 있지?"

"나도 찾고 있어. 곧 위치를 찾을 수 있을 거야. 그러니 조금만 기다려줘."

"역시 난 행운아야. 왠지 지구에선 내 뜻을 이룰 것 같네. 우선 너를 만나서 반가워, 수민아."

하나가 손을 내밀었다.

"나도. 강함으로써 나보다 강한 인간을 만났다는 것이 기뻐. 사실 자라면서 난 내 상대를 만나지 못했거든. 스승님들도, 아빠와 엄마도 내 상대는 아니었어."

수민이가 하나의 손을 잡고 흔들며 기쁜 표정을 지었다.

"내가 보기엔 넌 완벽에 가까운 인간이야. 그러나 조심해. 신들에게 존재가 발각되면 죽음을 면치 못해. 그들은 자신들을 위협하는 인간은 싫어하거든."

하나가 말했다.

"신들? 그들은 어디에 있는데?"

수민이가 물었다.

"바로 네 주위에. 인간들의 모습을 하고. 어디에든 있어. 도망친 이철, 그 배신자도 아마 어떤 인간의 모습을 하고 감쪽같이 숨어 있겠지. 찾기가 쉽지는 않을 거야. 옆에 있어도 그냥 모를 수 있으니깐. 너와 나도 바로 그렇게 신들에게 발각되지 않게 앞으로는 행동해야 해."

"아! 그렇구나! 이제 알겠다."

수민이가 뭔가 생각이 난 듯 무릎을 손바닥으로 '탁' 치며 말했다.

"뭐가? 뭘 알겠다는 거야?"

"이철이란 자가 신들에게 영원한 삶을 얻는 대가로 배신을 했다며?"

"응, 그렇지. 그런 제의를 받고 배신을 했어."

"그럼 그 이철이란 자를 신들 몰래 잡을 수 있다면, 그에게 신들이 어떤 방법으로 영원한 삶을 줬는지 알 수 있잖아. 그게 인간들이 신들에게 죽지 않고 영원히 대적할 수 있는 유일한 방법일 수도 있어."

수민이가 말했다.

"오호…… 수민이 역시 네 생각이 맞아. 그럴 수 있어. 이철 그자를 잡아 영혼을 봉인할 방법을 알아내자. 그게 먼저야. 그다음 해의연 유격대를 다시 만들자. 도와줄 거지?"

하나가 수민이를 간절한 눈으로 바라보며 물었다.

"물론. 나도 흥미가 생겼어. 하나 너와 그 해의연 유격대라는 것을 만들어 보자. 아주 조용히 비밀리에. 강함보다는 부드럽게 말이야."

수민이가 하나 두 손을 마주 잡고 굳은 의지로 말했다.

"고마워, 친구. 앞으로 아는 듯 모르는 듯. 그렇게 행동하며 우선 그 괴물박사를 찾자. 물론 그러면서 이철 그 배신자도 찾고. 아! 그 배신자 특징이 하나 있는데 왼쪽에 비해 오른쪽 눈이 약간 붉은빛을 띠어.

자세히 봐야 표시가 나니깐. 관찰을 잘해야 알 수 있어."

"알았어. 하나 너를 만나서 반가워."

수민이가 하나 등을 손바닥으로 토닥거리며 말했다.

"나도 반가워. 그리고 고맙다."

하나 역시 수민이를 만나서 다행이라는 표정을 지었다.

"아하! 알겠어. 그런데 넌 별명이 뭐야?"

하나가 수민이 두 손을 잡고 크게 흔들며 묘한 눈빛으로 물었다.

"나? 난 도깨비."

"도깨비? 왜?"

"요상한 짓만 한다고 요녀. 도깨비라나. 크크……."

"요녀? 내가 알기로는 오늘 만난 그 검은색 복장을 한 아주머니가
요녀로 아는데. 현재 경찰들이 쫓고 있는."

"오! 하나가 그런 것도 다 알아봤어? 대단해."

"크크…… 이미 수민이 너도 알고 있는 눈치던데?"

"응! 그 아주머니가 던진 조약돌을 보고 알았지."

대답을 하는 수민이 표정이 어두워졌다.

"왜? 표정이 그래?"

"배신자거든. 제거해야 할"

"엥? 그 요녀가? 무슨 배신을?"

"부모님 시대 일이지만."

"아! 죽일 건가?"

하나가 눈을 반짝이며 수민이 두 눈을 빤히 바라보며 물었다.

"아니. 내가 그리워하던 오빠의 엄마라 그냥 두 번 다시 살인을 못하
게 능력만 없애려고."

"그냥 놔두지 그래. 모든 시선이 그 아주머니한테 집중되면 너도나도 행동하기 편하잖아."

"하나 네 생각은 알겠는데 그러면 내가 그리워하던 오빠가 나중에 상처 입을까 봐. 그래서 미리 막으려고. 나야 도깨비니까 그분 없어도 자유롭게 움직일 수 있어. 그분 대타야 얼마든지 만들 수도 있고."

"오! 그래, 그래. 역시 넌 대단해. 내가 너보다 열 배는 강하다고? 난 네가 나보다 백배는 강하다고 생각해. 크크……."

하나는 크게 웃으며 수민이와 손을 잡고 걸어가기 시작했다.

무덤 속의 두 소녀 이야기

우석이 황 노인의 진료를 마치고 판잣집을 나섰을 때는 먼동이 트기 시작하는 새벽이었다.

"이제 오냐?"

병태가 운전석에 앉아서 우석을 기다리고 있었다.

"안 잤냐?"

우석이 병태를 걱정해서 하는 말이다.

"마! 나야 잠을 잤지만 넌 꼬박 날밤 깠구나? 짜식! 너희 부자는 알아줘야 해. 그저 남의 일이라면 돈도 안 되는 일을."

병태가 차 뒷좌석에 풀썩 쓰러져 잠을 청하는 우석을 보며 안쓰러운 눈빛을 보냈다.

"……!?"

이미 우석은 잠이 들었는지 대답도 없었다.

"녀석! 그래 이 형님이 샛길로 총알처럼 날아가마! 잠깐만 기다려라. 따듯한 방에서 자게 해줄게"

병태는 승용차를 몰고 무서운 속도로 달려가기 시작했다. 평소 같으면 큰길로 다녔지만 우석이 피곤해서 잠이 들자 급히 샛길로 달려가기 시작했다. 조그만 산길은 콘크리트 포장은 되어 있어도 길이 자동차 겨우 한 대가 지나갈 정도의 넓이였다.

새벽안개는 자욱하게 끼어 앞도 분간 못하는데 병태는 지금 100km가 넘는 속도로 달리고 있었다. 아마 누가 보면 죽으려고 환장했다고 할 것이다 그렇게 병태의 운전은 항상 곡예에 가까웠다

꼬불꼬불한 좁은 산길을 안개 속으로 달려가는 병태의 운전 솜씨는 감탄할 만했지만, 그것은 병태만이 할 수 있는 운전이었다.

끼이이익~~~~~~~

결국 뭔가 잘못되었나?

병태가 급브레이크를 밟고 운전대에 머리를 푹 숙이고 있었다.

"뭐야? 왜 그래?"

우석이 의자 밑으로 굴러 떨어지며 놀라 소리쳤다.

"사…… 사람을."

병태가 고개를 운전대에 파묻고 있는 상태로 더듬거리며 말했다

"뭐? 사람을 치었다고? 마! 이 새벽에 여기에 무슨 사람?"

우석은 믿을 수 없다는 듯이 말은 하면서도 이미 차 문을 열고 밖

으로 뛰쳐나가고 있었다.

"이…… 이럴 수가!"

밖으로 뛰쳐나간 우석은 뭔가를 발견하고 놀라 소리쳤다 그때서야 정신이 든 병태가 차 문을 열고 밖으로 나왔다.

"주…… 죽었니?"

병태가 떨리는 목소리로 물었다.

"둘 다 죽은 것 같다! 가만있어봐."

우석이 병태의 차 밑으로 고개를 집어넣으며 중얼거렸다

"둘? 두 명이라고?"

병태는 앞이 캄캄했다 하나도 아니고 둘을 죽였다. 자신의 운전 잘못으로.

"에잉. 이놈의 운전 버릇이……. 결국 그렇게 될 줄 알았다."

병태는 후회를 하고 있었다. 곡예 운전을 한 것과 큰길을 놔두고 조금 빨리 가려고 샛길로 들어선 것을.

"마! 얼른 거들기나 해. 네 차에 치인 것 같지는 않다! 둘 다 살아있어. 얼른 옮겨야 해. 얼른."

우석이 차 밑에서 뭔가를 꺼내며 소리쳤다.

"뭐어? 내 차에 치인 것이 아니라고?"

병태는 무엇보다도 그 말이 사실이기를 바랐다.

"그래, 임마! 얼른 잡아당겨."

우석이 차 밑에서 피투성이가 된 여인을 잡아당기며 소리쳤다. 헌데 그 여인의 몸에는 다른 여인이 찢어진 옷으로 꽁꽁 묶어 매달려 있지 않은가?

"……뭐야?"

병태도 이상함을 느끼고 얼른 묶인 여인을 풀어 하나씩 차 뒷좌석에 밀어 넣었다.

"누가 죽이려고 일부러 한 짓 같다!"

우석이 자기의 생각을 말했다.

"……? 누가?"

병태는 그렇게 묻고서도 자신이 바보 같은 질문을 했다고 생각했다. 우석이 누가 그랬는지 알 리 없기 때문이다.

"얼른 차나 몰아! 네 실력을 다 발휘해서."

우석이 조수석에 올라타며 소리치고 있었다.

"아, 알았다."

병태가 얼른 차에 올라타서 운전을 하기 시작했다.

"마! 빨리 달리란 말이야!"

우석이 급히 소리쳤지만, 병태는 빨리 달릴 수가 없었다. 다리는 후들거리고 방금 놀란 사고가 다시 닥칠 것 같아서 도저히 운전을 할 수 없었다.

"우, 우석아! 네가 운전해라. 난 못하겠다."

"……?"

병태가 고개를 푹 숙이고 흔들며 운전석에서 내리자 우석은 뭔가를 병태에게 묻고 싶었지만, 두 환자가 걱정이 되어 얼른 운전석으로 옮겨 앉았다.

부웅-

차는 쏜살같이 산길을 달리기 시작했다.

"어……! 어! 조심해서 가, 임마!"

병태가 놀라서 소리쳤다. 그도 그럴 것이 평소 7~80km도 제대로 안 달리던 우석이 운전이 오늘은 안개도 자욱한 산길에서 120km가 넘고 있었다.

"저, 저놈이 미쳤네. 천천히 가! 임마!"

병태가 놀라 소리 쳤지만 우석은 대답도 안 했다.

"크…… 저놈이 나보다 더 난폭 운전을 하네! 짜식. 참!"

병태가 놀라워하는 것도 무리는 아니다. 자신으로서도 도저히 할 수 없는 과속 운전을 우석이 하고 있으니까.

자동차는 자욱한 안개 속으로 굉음을 내며 자취를 감추고 병태의 놀란 외침만 메아리 되어 남아 있었다.

유언으로 남긴 소원

부탁합니다.

저의 몸을 조각내어 동생에게 필요한 것을 다 주어서라도 동생 만을 반드시, 반드시 살려 주십시오.

그리고 저의 남은 몸 조각은 동생이 깨어나기 전에 한 줌의 재로 만들어 양평 용문산 계곡에 뿌려 주십시오.

훗날 저의 부모님께서 절 찾으시면 이 불효자식은 먼저 하늘나라로 떠났다고 전해주시고 그리고, 그리고…….

생에 못다 한 효를 저세상에서나마 하겠다고 전해주십시오.

동생이 깨어나면 이 언니가 어릴 때 잘 못 한 죄를 용서하라고 전해주시고 부디 좋은 사람 만나 행복하게 살라고 전해주십시오.

제가 어릴 때 동생에게 '혀를 내밀어봐!' 하고 동생은 언니가 시키는 대로 혀를 내밀었는데 제가 턱을 손으로 탁 쳐서 혀가 잘렸답니다. 그래서 그 후부터 동생은 말을 잘하지 못하고 벙어리 아닌 벙어리가 되었답니다. 전 부모님께 혼나고 그 길로 집을 뛰쳐나와 지금의 진흙탕 길을 걸었답니다. 전 이미 다 망가진 몸 전 살아야 할 이유가 없지만 동생은 반드시 살아야 합니다. 제발 동생을 살려주십시오.

제 혀를 잘라 동생이 말을 잘하도록 이식 수술을 해주시고 제 눈을 동생에게 주고 제 장기나 팔다리도 다 동생에게 주어 동생을 완벽하게 재생시켜주십시오. 동생은 어릴 때부터 저보다 예쁘고 착했답니다. 부모님께서 동생을 예뻐해 주시는 것이 시샘이 나서 제가 동생을 벙어리로 만들었는지도 모릅니다. 아니 그랬을 겁니다. 전 죄를 많이 지은 여자입니다. 이제 그 죄를 씻으려 하니 의사님, 제발 저의 마지막 부탁을 들어주십시오."

이 편지는 나중에 아주 먼 훗날 제 동생이 절 찾을 때 꼭 전해주십시오.

사랑하는 나의 동생 정림아!

언니가 어릴 때 너를 미워해서 정말 미안하다. 너를 못살 게 굴어서 정말 미안하다. 널 벙어리로 만들어서 정말 미안하다. 나를 용서하지 마라. 나를 미워하고 저주해라. 나를 생각도 하지 말고 내 존재를 잊고 살아라. 이 언니는 천벌을 받아 먼저 이 세상을 떠난다. 넌 언니처럼 살지 말고 착하고 진실하게 행복하게 살아라. 언니는 죄 많은 몸, 이제 저 멀리 하늘나라에서, 아니 지옥이겠지. 널 지켜보며 너의 행복을 빌어주겠다. 네가 만약 언니처럼 죄를 짓고 산다면 언니가 절대 용서치 않겠다. 넌 절대 언니처럼 살지 마라. 항상 즐겁고 행복하게만 살아라. 언니는 잊어라. 언니는 절대 생각도 하지 마라. 얼른 잊을수록 이 언니가 편히 눈을 감을 수 있다는 것을 명심해라. 정림아, 사랑한다.

죄 많은 언니 정희

또한 이 편지는 제 부모님께서 절 찾으시면 전해주십시오. 찾지 않으시면 절대 전해드리지 마십시오.

부모님 전 상서

저를 낳아주시고 길러주신 제가 세상에서 가장 사랑하고 보고 싶은 부모님!

이 불효자식을 용서하십시오. 살아서도 부모님께 불효를 하고 이제 먼저 이 세상을 떠나 부모님 가슴에 못을 박아드리니 전 정말 천하에 둘도 없는 불효자식입니다.

부모님! 이 자식은 부모님께 죄를 짓고 동생에게 죄를 짓고 집을 뛰쳐나와
서는 사회에 죄를 지었으니 이제 살아갈 가치가 없는 죄인입니다. 이제 이 죄
인이 조금이나마 그 죄를 씻고자 먼저 저세상으로 가오니, 부디 이 불효자식
을 용서하시고 잊어주십시오. 제가 하고 싶은 말은 너무 많은데…… 드릴 말
씀은 너무…… 많은데… 팔에… 힘이 없네요…… 안녕.

여인 심정희는 그렇게 의식을 잃고 말았다. 그 여인은 그 후 다시는
깨어나지 못했다.

심정희를 살릴 가망성은 100%, 심정림을 살릴 가망성은 10%로도
안 된 상황에서 심정희의 유언을 들어주기로 했던 것이다.

주인공 이야기

훌쩍. 훌쩍.
시장 구석에서 훌쩍훌쩍 울고 있는 아주머니가 한 분 있었다.
길을 가던 영미가 쪼그리고 앉아 물었다.
"왜? 그렇게 우세요?"
아주머니는 영미를 힐끗 보더니 다시 울기 시작했다.
"훌쩍……."
"언니야! 왜 우냐고? 어디 아파? 그건 아니고, 온몸이 다 멀쩡한데.

음. 안타까운 일이 있구나? 그게 뭐지? 음…… 뭘 사려고 왔는데 그걸
못 샀구나? 그렇지?"

"그걸 어떻게?"

울던 아주머니는 영미를 의문스러운 표정으로 보며 물었다.

"영미님은 뭐든 다 안다. 그러니깐 다 털어놔 봐. 응?"

영미가 이미 다 아는 눈치를 보고 아주머니는 사실대로 이야기하기
시작했다.

"할머님이 계시는데 늘 식사를 하실 때 가장 처음으로 드신 반찬만
끝까지 드시거든요. 그래서 그 반찬은 떨어지면 안 되니까 다들 먹지
않고 떨어지면 다시 갖다 드리고 하는데 오늘은 냉이 무침을 드셨는
데, 그게…… 시장에도 없는 거라. 반찬을 갖다 드리지 못해서…… 그
래서……"

"아니, 그러면 다른 반찬을 드시라고 하면 되지. 울긴 왜?"

영미는 어이가 없다는 투로 다시 물었다.

"할머님은 듣지 못하시고요. 말도 못 하세요. 그러니 처음에 드신
반찬이 떨어지면 밥도 그만 드시거든요. 반찬을 못 해 드려서 오늘 불
효를 했네요."

영미는 아주머니 어깨를 손바닥으로 토닥토닥해주고 있었다.

"참 효녀시네. 어디 가보자고. 할머님께. 이 영미님이 꽤 유명한 의
사거든. 한번 봐 드릴게. 응?"

영미 말에 아주머니는 영미를 찬찬히 살피고 있었다. 영미님, 영미님
하는 것이 오만방자한 것 같은 말투인데 왠지 거짓은 아닌 것 같았다.

"가보자니까. 혹시 알아? 언니가 생각하는 그런 것이 아닌데 잘 못
알고 있는 거라면. 얼른 고쳐야지. 가자니깐."

아주머니는 다그치는 영미 말에 자기도 모르게 일어나 집을 향해 걷기 시작했다.

영미는 뒤에서 콧노래를 부르며 따라가고 있었다. 그런 영미 모습을 아주머니가 고개를 돌려 잠시 바라보자 영미는 얼른 앞서가라는 손짓을 했다.

아주머니는 영미 모습이 신비하다고 느끼며 부지런히 앞장서서 걸어갔다.

아주머니 집은 시장에서 가까운 곳에 있었다. 잘 지은 한옥집으로 들어 선 아주머니는 큰 방으로 영미를 안내했다. 이미 식사는 끝나고 할머니는 차를 마시고 있었다.

"아! 지나가던 의사입니다. 잠시 할머니 건강 좀 살펴보겠습니다."

모두 이상하게 쳐다보자 영미가 얼른 말을 하며 할머니에게 다가가서 앞에 쪼그리고 앉았다.

"할머니 전 의사예요. 그러니 잠시 살펴볼게요."

영미가 다정하게 말을 하자 할머니는 고개를 끄떡거렸다. 못 알아듣는다더니 할머니가 영미 말은 알아듣는 것이다.

"할머니 말을 알아들으셨어?"

어린 손자가 큰 소리로 말했다.

모두들 다 신기하다는 표정으로 할머니와 영미를 바라본다.

"아! 제 말만 알아들으십니다."

영미는 대수롭지 않다는 투로 모두의 관심을 한마디로 묻어버렸다.

"할머니 청력은 많이 쇠퇴해서 큰 소리로 말해야 알아들을 수 있을 정도만 고쳐드릴게요."

영미는 말을 하고 다른 사람들 대답을 듣지도 않고 바로 은침을 꺼내 할머니 귀와 머리 부분에 고슴도치처럼 꽂았다. 그리고 순식간에 다시 회수했다.

"이제 할머니 청력은 살렸어요. 다른 분들이 큰 소리로 말을 하면 알아들으실 겁니다."

영미가 말을 하며 잠시 자리를 비켜줬다.

"정말요?"

손자가 제일 먼저 영미에게 묻고 할머니 앞으로 달려갔다.

"할머니 제 말 알아들으세요?"

손자 물음에 할머니는 고개를 끄덕이셨다.

"자! 이제 할머니 말문이 트이게 해드릴게요. 다행히 말은 아주 잘 하실 수 있겠네요. 꼬마야 잠시 비켜 주겠니?"

영미 말에 아주머니가 얼른 손자를 안고 옆으로 비켰다.

영미는 봇짐에서 작은 알약을 하나 꺼내 할머니 입에 넣어 줬다.

"삼키세요. 그럼 침을 놓겠습니다."

다시 입 쪽에 투명한 침이 두 개 찔러졌다.

"이제 말씀하실 수 있어요."

영미가 할머니 볼을 손바닥으로 마사지해주며 말했다.

"고…… 고마워요. 의사 아가씨."

할머니 입에서 영미에게 고맙다는 말부터 나왔다.

"와아……."

사람들이 자기도 모르게 함성이 터져 나왔다.

"할머니 말을 하실 수 있어요?"

손자가 다시 한 번 확인하듯 할머니에게 물었다.

"그래, 말을 할 수 있구나. 다 고마운 의사 아가씨 덕분이지."

할머니가 영미를 보고 눈물을 글썽이며 말했다.

"참 신기하네. 서울대 병원에서도 못 고친 것을 어찌 아가씨가……."

"그러게. 아가씨가 대단한 의사시네."

사람들이 모두 신비한 듯 영미를 바라보자 영미가 쑥스러운 듯 밖으로 나와 버렸다. 아주머니가 얼른 달려와 영미 팔을 잡고 한마디 했다.

"가지 마세요. 찬은 없지만, 식사라도 한 끼 대접해 드려야 도리인 것 같네요."

"안 가요. 할머니께 듣고 싶은 이야기가 있어서요."

영미가 생글 웃으며 아주머니와 할머니를 번갈아 바라본다.

"네? 무슨?"

아주머니가 의아한 표정을 짓는다.

"할머니! 솔직하게 말씀해주세요."

영미가 다시 할머니 앞으로 걸어가서 쪼그리고 앉아 말했다.

"의사 아가씨가 물으면 뭐든 솔직하게 말하리다."

할머니가 말했다.

"왜 반찬을 처음에 드신 것만 끝까지 드셨어요?"

영미가 물었다. 사람들이 모두 관심을 갖고 할머니를 바라본다.

"그게…… 음… 그건……."

할머니가 말하기 곤란한 모양이다.

"말씀하시기 곤란하시죠?"

영미가 다시 물었다.

"그래. 다른 건 다 말해도 그건 좀……."

할머니가 말하기 곤란하신 표정으로 영미를 바라본다.

"알겠어요. 그럼 제가 대신 말하죠. 할머니는 여러 가지 반찬을 골고

루 다 드시고 싶으셨어요. 그러나 언젠가 할머니께서 반찬을 드시면 가족들이 더러운 듯 그 반찬을 피하는 것을 느끼시고 자신이 드시던 반찬을 끝까지 다 드셨던 겁니다. 때로는 다른 반찬도 드시고 싶었는데 가족분들이 할머니가 드시던 반찬이 떨어지기 무섭게 계속 채워주시니까. 할머니는 오로지 한 가지 반찬만 드시게 되어 영양부족으로 귀도 더 멀어지시고 말문도 더 막히시고 그랬던 겁니다. 어때요, 할머니. 제 말이 맞죠?"

"어떻게 그걸?"

영미 물음에 할머니는 놀랍다는 표정으로 되물었고 가족들은 자신들이 지금까지 할머니를 잘못 모신 것에 대한 죄책감에 펑펑 울었다.

"할머니! 제가 귀도 고쳐드리고 말문도 트이게 해드렸으니까. 할머니 손으로 만든 요리를 먹게 해주세요."

가족들이 우는 모습에 얼른 영미가 관심을 다른 데로 돌려 버렸다.

"어떻게 할머니가 요리를……."

가족들은 모두 원망스러운 표정으로 영미를 바라보는데.

"암! 오랜만에 할미가 요리를 해보자."

할머니가 팔을 걷어붙이고 주방으로 향했다. 영미는 바람을 쐴 겸 밖으로 나왔는데 손자 녀석이 졸졸 따라왔다.

"누나는 누구야? 어디서 왔어?"

손자 녀석이 자꾸 묻는 것에 영미는 간단히 대답했다.

"별."

악의 탄생 이야기

네모반듯하게 잘 정리된 논들이 넓은 평야를 이룬 강가에는 길게 도로가 이어져 있었다. 강에는 아직 이른 여름철에도 불구하고 벌써부터 피서객들이 하나둘 텐트를 치고 물놀이와 낚시를 즐기고 있었다. 강가 도로에는 피서객들이 타고 온 차량을 군데군데 주차를 한 까닭에 큰 차가 지나가려면 중앙선을 살짝 넘어야 했다. 그 강가 도로를 따라 강을 거슬러 올라가다 우측으로 뻥 뚫린 넓은 도로가 나타난다. 그 도로를 타고 500여 미터 가면 꽤 큰 동네가 나오는데 그 동네에서 가장 큰 건물이 하나 있었다. 5층짜리 하얀색 건물인데 작은 학교 크기의 넓은 주차장과 연못. 그리고 산책로까지 만들어진 잘 꾸며진 병원이었다. p 병원.

여기가 포천에서 가장 유명한 병원이었다.

불우한 이웃을 위해 항상 무료 진료와 치료를 해주는 천사 같은 병원이기 때문이며 국내에서 최고의 권위를 자랑하는 의학박사 세 분이 있는 병원이기 때문이다. 비록 나이가 들어 퇴물이 다 된 늙은 의사들이긴 하지만, 아직까지 그 명성을 모르는 사람이 없을 정도였다.

'최태원, 나이 71세. 장기 이식 수술의 최고 권위자'

'박영길, 나이 68세. 안과 치료의 최고 권위자'

'심정균, 나이 54세. 성형수술의 최고 권위자'

그리고 그 심정균의 셋째 아들

'심우석, 내과 의사. 국내 최연소 박사학위를 받은 천재'

그들 모두를 가리켜 포천 서민들은 4천사라 부른다. 서민들이 아픈

곳엔 항상 그들 4명이 같이 있고 서민들이 즐거운 장소나 슬픈 장소에도 항상 그들 4명은 같이 있었다. 그러나 서민들이 모르는 단 한 사람이 있었으니.

심정균의 절친한 친구 김선관. 바로 그였다.

김선관, 그는 고리대금 사채업자였다. 그의 돈이 얼마나 많은지 그자신도 모른다는 말처럼 그의 돈은 헤아릴 수 없이 많았다. 남들이 말하는 고리대금 사채업자이며 수전노요, 비정한 돈벌레였다. 나이 54세 심정균과 동갑이면서도 아직 결혼을 하지 않은 까닭에 처와 자식이 있을 리 만무했다. 그런 그가 단 한 사람 심정균에게는 약했다. 심정균이 하는 일이 그의 마음에 들기도 했지만, 그 나이에 친구라고는 오로지 심정균 하나뿐이며 자신을 알아주는 사람도 오로지 심정균 하나이기 때문이었다. 그런 까닭에 수전노 김선관은 그 아까운 돈을 심정균이 하는 일에 아낌없이 투자했다. 단 하나 조건이라면 자신이 돈을 투자한다는 사실을 절대 비밀로 해달라는 것이었다.

많은 돈을 들여 건축한 병원이기에 서울 유명한 대학병원보다 시설이 잘되어 있었다. 건물은 모두 철근 콘크리트 벽에 하얀 페인트를 칠한 것이 전부였지만 내부는 그렇지 않았다 최신 의료기가 설치되어있음은 물론이고 입원실과 부대시설도 깔끔하고 편리하게 꾸며져 있었다. 1층 우측 한쪽에 맑은 유리로 칸막이가 된 안에는 향기를 물씬 풍기는 난초들이 화분마다 가득 자라고 있었다. 난초 화분 사이로 육중한 방화문이 하나 굳게 닫혀 있었다. 방화문 상단에는 청색 글씨로 이렇게 쓰여 있었다.

수술실.

우석이 수술복을 입고 그 수술실 문을 열고 들어선 것은 오전 10시쯤이었다. 아무런 장식도 없이 깨끗한 수술실에는 단 두 개의 수술대가 놓여 있고 그 위에 두 여인이 각각 누워 있었다. 수술대 옆에는 세 분 노인들이 서 있었다. 눈이 크고 가장 젊어 보이는 분이 바로 우석의 아버지이며 이 병원 원장이신 심정균. 그 옆에서 계속 고개를 갸웃거리는 메마른 노인이 바로 이식수술의 최고 권위자 최태원. 그리고 무척 건장한 체격을 가진 힘이 넘쳐 보이는 노인이 바로 안과 치료에선 따라올 자가 없다는 박영길. 바로 이 병원의 문제의 4인이 다 모인 것이다. 물론 지금까지 이렇게 4명이 다 모인 적이 없었던 것은 아니지만 한 환자를 수술하기 위해 4명이 모이는 것은 극히 드문 일이었다. 그만큼 이번 환자가 위급하다는 것을 말하는 것이기도 했다.

"쯧쯧. 알 수 없는 일이야! 그렇게 정신력이 강하던 이 아이가 자신의 유언을 남기고는 완전 뇌사상태로 접어들고 있지 않은가!"
최태원이 고개를 갸웃 거리며 말했다.

"그러게요. 첨엔 이쪽 아이가 회생시킬 확률이 겨우 10%에 불과하고 저 아이는 100% 확신을 했는데, 이젠 저 아이가 전혀 가망이 없어 보입니다."
심정균이 수술대 위의 두 여인을 번갈아 가리키며 말했다.
"그게 다 저 아이의 의도겠지. 자신이 살면 안 되고 동생을 살려 달라고 부탁은 했지만, 자신이 살 확률이 더 높다고들 하니깐 이미 마음

우주에서 온 소녀의 21세기 암행어사 ❷

의 정리를 하고 생을 포기해 버린 것이지. 동생을 살리지 않고 자신을 살릴까 봐. 아무튼 지독한 아이네."

박영길이 말했다.

"이제 동생이라는 이 아이도 어느 정도 몸을 회복한 상태이니 늦기 전에 눈과 신장 등을 이식하기로 하세. 경과를 봐서 나머지 손상된 장기도 이식을 서둘러야 하네. 뇌사 상태로 들어간 언니라는 아이가 아직도 생명 줄은 놓지 않고 있는 것을 보면 정말 상상도 못 할 무서운 아이네."

최태원이 아직도 고개를 설레설레 흔들며 못 믿겠다는 투로 말했다.

사실 우석이 두 여인을 병원으로 데려왔을 때는 동생이라는 여인은 이미 회생 가능성이 없었다. 언니라는 여인은 회생 가능성이 거의 100% 그러나 언니라는 여인은 자신의 모든 것을 다 주더라도 반드시 동생을 살려달라고 하였고 자신은 응급처치도 받지 않았다. 무조건 동생 동생만을 살려달라고 애원을 했던 것이다. 우석이 며칠 밤을 지새우며 동생이란 여인을 지금의 이 상태가 되도록 치료를 했던 것이다. 누가 보아도 헌신적인 우석에게 언니라는 여인도 감사하다는 말을 마지막에 남기고 그 후 입을 다물었다. 아니, 의식을 잃었다는 표현이 맞을 것이다.

"오늘부터 수술을 시작할까요?"

우석이 3명 노인들을 번갈아 보며 물었다.

"아니다. 오늘 하루 더 지켜보고 내일부터 시작해도 늦지는 않겠다. 서두른다고 좋은 것은 아니지. 수술을 받을 환자가 준비가 돼야 하지 않겠나?"

최태원이 말했다.

"그럼! 내일 수술을 할 수 있게 준비를 하겠습니다"

우석은 공손히 말을 하면서 급히 수술실을 빠져나갔다. 얼른 수술 준비를 하려는 것이다. 그렇게 서두르지 않아도 될 일이지만 왠지 우석은 서두르고 싶었다. 얼른 두 여인을 하나로 새 삶을 만들어 주는 수술을 경험하고 싶었는지도 모른다. 아직까지 한 번도 해보지 않은 수술이기에 우석은 마음이 설레는 것이었다. 아니, 다른 이유가 있는지도 모른다. 우석의 마음 한구석에 언제부터인가 자리를 잡기 시작한 한 여인. 아니 소녀라고 해야 할, 아직 정신을 차리지 못하고 있는 소녀. 그 소녀가 왠지 우석의 마음을 흔들어놓고 있었다. 처참한 몰골이지만 갸름한 얼굴에 아직 소녀티가 묻어나는 앳된 모습이 우석의 마음을 사로잡기 시작한 것일까? 틀림없이 동정은 아니었다. 뭔가 모를 끈끈한 연이 우석을 이끌리게 만들고 있었다.

"허허. 녀석! 서두르긴."

심정균이 급히 밖으로 나가는 우석의 뒷모습을 바라다보며 알 수 없는 미소를 지었다. 이미 알고 있는 것일까? 우석이 소녀에게 마음이 이끌리는 것을. 이제 장가를 들 나이가 된 아들이 처참한 몰골의 환자에게 마음이 이끌린다는 것은 아버지로서는 찬성하고 싶은 마음은 아닐 것이다. 단 하나 우석이 여자를 생각한다는 것이 심정균으로서는 만족스러웠을 것이다. 대학교에서 수많은 여학생들이 우석을 가까이하려고 했지만, 우석은 무슨 일인지 여자를 멀리하였다. 친구도 꼭 남자들만 사귀었다. 오죽했으면 최태원이나 박영길이 우석을 보고 바보 멍청이라 했겠는가. 아비를 닮아서 여자 사귀는 데는 바보 멍청이라고 했던 것이다. 그만큼 심정균도 늦은 결혼을 한 것으로 알려졌고. 우석도 여자를 사귀지 못했던 것이다. 최태원은 우석을 보고 여자 기피증 환자라 하며 놀리기도 하였다. 우석은 대학교에서 여자는 물론 남자 친구들과도 잘 어울리지 않고 오로지 공부만 하는 공부벌레였던 것이다. 우석을 사모하는 여학생들이 수를 헤아릴 수 없을 정도로 많았지만 우석은 거들떠보지도 않았다 오로지 공부. 공부. 그래서 최연소 박사 학위를 받지 않았던가. 국내 최연소 의학박사 심우석. 그에게도 이렇게 여자가 다가오고 있었다. 너무도 처참한 몰골로.

"자! 우린 나갑시다! 우석이 오늘밤도 고생을 하겠군요?"

박영길이 먼저 몸을 움직여 수술실을 나서려 하며 말했다.

"그래! 모두 나가지. 허허…… 우석이 여자 보는 눈도 지 애비를 닮았단 말야!"

최태원이 너털웃음을 터뜨리며 심정균을 힐끗 바라보고 수술실을 나섰다. 심정균은 두 사람이 나간 후에도 두 여인을 번갈아 들여다보며 고개를 설레설레 젓고 있었다.

"알 수 없는 일이다. 그렇게 강인하던 여인이 이젠 뇌사상태라니! 정말 동생을 살리려고 자신의 생을 포기한 것일까! 보면 볼수록 신비한 아이다. 그 초인적인 정신력도 그렇고! 스스로 뇌사상태로 빠진 것도 그렇고. 정말 의학적으로 이해가 안 되는 아이다. 또 이 아이는 어떤가? 나이는 이제 17~18세에 불과한 것 같은데. 눈도 저렇고 흉물스럽게 보여야 옳지 않은가? 그런데, 그런데 너무 귀엽고 예뻐 보이는 것은? 이상한 일이다. 우석이가 그렇게 여자를 멀리하던 우석이가! 왜?

이 아이를 저렇게 좋아할까? 하긴 내가 봐도 신비한 아이임에는 틀림이 없다. 두 아이 모두."

심정균은 한참을 두 여인을 번갈아 들여다보다가 휑하니 수술실 밖으로 사라져 버렸다.

그런데, 심정균이 수술실 밖으로 사라지자 기다렸다는 듯이 검은 모자를 깊숙이 눌러쓴 건장한 남자가 수술실 안으로 들어왔다.

"흐흐……. 내 손자가 살기 위해서는 너희들은 죽어야 한다. 살아서는 절대 안 된다. 나를 원망하지 마라."

남자는 주머니에서 주사기를 꺼내 들었다. 주사기에는 노란 액체가 가득 들어있었다.

"너희들은 이미 살기 힘든 몸이니 죽는다고 억울할 것이 없지 않느냐? 하지만 나와 내 손자는 벌써 3년 전부터 공들여 놓은 보물이다. 너희가 이제 와서 가로채면 안 되지 않겠니? 잘 가거라."

남자는 주사기를 뇌사상태에 빠진 여인의 옆구리에 아무렇게나 푹 꽂았다.

"흐흐……."

남자는 비릿한 웃음을 흘리며 주사기 속에 있는 액체가 반쯤 들어가도록 밀어 넣고 얼른 주사기를 빼내었다.

"잘 가라. 흐흐……."

남자는 조금이나마 양심의 가책을 느꼈는지 잠시 뇌사상태의 여인을 들여다보며 갈등의 빛을 보이다가 획 돌아섰다. 그 남자의 눈이 잠시 흔들리고 있었다. 소녀가 있는 수술대로 다가가는 남자의 걸음걸이가 잠시 휘청거렸다.

"미안하다. 얘들아. 그러나 어쩌겠느냐? 늙은이가 임무를 수행하기 위해 수십 년을 기다리고 기다렸는데."

남자는 알 수 없는 말을 횡설수설하는 것을 보면 제정신이 아닌 사람 같았다. 남자는 하얗게 웃으며 소녀의 등에 주사기를 깊이 찌르고 있었다.

"큰일 났습니다! 두 환자에게 이상이 생겼습니다!"

우석의 다급한 외침이 울려 퍼졌다.

누군가 투여한 약물로 인해 목숨이 위태로운 상황에서 급히 시작된 수술은 무려 수십 차례에 걸쳐 수십 년이나 지속되었다.

그리고

"소녀가 사라졌습니다!"

우석의 다급한 외침이 어느 날 병원 전체를 뒤흔들고 있었다.

주인공 이야기

동해안 묵호항.

잡어 상회.

"야! 지수야! 얼른 얼음을 갖고 와야지. 뭘 꾸물대는 게야?"

어선에서 잡어만 받아 판매를 하는 조그만 어물전 주인 강릉댁은 있는 대로 짜증을 부리며 소리쳤다.

"아! 네! 네! 갑니다. 가요."

지수는 얼음 창고에서 얼음 두 포대를 리어카에 싣고 급히 달려오며 대답했다.

지수 얼굴은 온통 땀으로 범벅이 되어 있었다.

지수는 얼음 포대를 뜯고 삽으로 얼음을 퍼서 생선 궤짝에 담기 시작했다.

"빨리빨리 담아. 생선 상하겠다. 에고. 무슨 봄 날씨가 이리 더울까."

강릉댁은 소매로 이마의 땀을 닦으며 투덜거렸다.

"용인 호기 들어 올 시간인데…… 얼른 갔다 올게요."

생선 궤짝에 얼음을 다 채운 지수가 강릉댁을 바라보며 말했다.

"그래! 얼른 다녀와!"

시간을 잊지 않고 알아서 일을 하는 지수가 그래도 기특하다는 표정으로 말하는 강릉댁은 가게 앞 그늘진 곳을 찾아 아무렇게나 엉덩이를 붙이고 앉았다.

강릉댁은 주머니를 뒤적거린다.

뭔가 찾는 강릉댁 모습을 본 지수가 얼른 생선 궤짝 뒤에서 담배와 라이터를 찾아 강릉댁 앞에 놓고 리어카를 끌고 부둣가로 향했다.

"고년! 눈치는 제법이란 말이야."

강릉댁 입가에 만족하다는 미소가 번졌다.

"아따 강릉댁은 복덩이가 들어와도 뭐가 그리 불만이요?"

옆 생선가게 주인 남자가 담배를 피우고 앉아있는 강릉댁을 힐끗 보며 말했다.

"암! 복덩이도 저런 복덩이가 어디 있어. 일도 알아서 척척 하지 돈도 싫다 하지. 그냥 먹여주고 재워만 주면 되니 그런 일꾼 어디가 구하려 해도 없는데 스스로 찾아왔으니 그런 복덩이가 어디 있다고 매일 짜증이나 부리고."

두 집 건너 어물전 주인아주머니가 걸어오며 부럽다는 투로 한마디 했다.

"지수야! 어서 와라!"

어선에서 50대 남자가 생선 궤짝을 내려놓다가 지수가 오는 것을 발견하고 반갑다는 투로 말했다.

"아저씨, 오늘은 왕창 잡으셨네요?"

지수가 꾸뻑 인사를 하며 물었다.

"네가 가져갈 잡어만 네 말대로 왕창 잡았다."

50대 남자가 입가에 미소를 띠며 말했다.

50대 남자는 지수를 바라보는 눈이 무척 다정다감해 보였다.

"많아요?"

"아니다! 한 번에 가져갈 수는 있을 게야. 모두 5짝이다."

50대 남자가 한 쪽에 쌓아 놓은 생선 궤짝을 가리키며 말했다.

"으으…… 5짝이면 한 번에 어려운데…… 먼저도 가져가다가 다 엎었거든요."

지수가 엄살을 부렸다.

50대 남자는 빙긋 미소만 지었다.

지수가 엄살을 피운다는 것을 다 알기 때문이다.

생선 궤짝을 처음 나를 땐 5짝을 갖고 가다가 엎었지만 지금은 지수가 평소 나르는 것이 5~6짝이므로 충분한데 지수가 엄살을 부리는 것이다.

"5짝이면 너무 무거운데…… 으으…… 이걸 어떻게 한 번에 갖고 가지."

지수가 투덜거리며 생선 궤짝을 하나씩 들어 리어카에 싣고 있었다.

"오늘은 아저씨가 바쁜데…… 같이 날라다 줄까?"

"네!"

50대 남자가 마지못해 한마디 하자 지수가 냉큼 대답을 했다.

"흐. 그 녀석! 이젠 꾀만 생겨 가지고."

50대 남자가 지수 머리를 주먹으로 쥐어박는 시늉을 했다.

"으악! 그 손으로 때리면 제 머린 박살 난다구요."

지수가 엄살을 피우며 얼른 피한다.

50대 남자는 그런 지수를 보며 입가에 미소가 번졌다.

"가자! 뒤에서 밀어라!"

50대 남자가 리어카를 앞에서 끌며 말했다.

"헤헤…… 고마워요!"

지수가 웃으며 리어카 뒤에서 밀기 시작했다.

"최씨! 그러니깐 둘이 꼭 부녀 사이 같구먼."

비쩍 마른 60대 노인이 지나가다 한마디 했다.

"아빠 하기로 했어요."

지수가 얼른 한마디 했다.

"제 딸 하기로 했어요."

50대 남자도 한마디 했다.

지수와 50대 남자는 한마디씩 하고 서로 얼굴을 마주 보며 미소를 지었다.

최씨.

용인 호 선장으로 벌써 10여 년 전 아내를 잃고 홀로 살아가는 말 그대로 홀아비다.

강릉댁을 무척 좋아하는 최씨.

강릉댁 역시 오래전 남편을 잃고 홀로 살아가는 말 그대로 과부댁 이어서 최씨를 만나면서부터 입가에 웃음꽃이 핀다고 짓궂은 동네 사 람들이 한마디씩 할 때면 얼굴을 붉히기 일쑤였다.

"어머머! 강릉댁 얼굴 붉히는 것 좀 봐!"

짓궂은 동네 사람들은 그렇게 강릉댁과 최씨를 맺어 주려고 했다.

그러나 어찌 된 일인지. 둘 사이는 발전을 하지 못했다.

그런 와중에 지수가 강릉댁 앞에 나타난 것이다.

외로움 속에서 지수를 만나 딸처럼 같이 일하다 보니 스트레스도 짜증도 다 받아주는 지수에게 강릉댁은 어린아이처럼 자꾸만 투정을 부렸다.

강릉댁은 은근히 지수가 최씨를 데려오길 바랐다.

그런 강릉댁 심정을 알기에 지수는 엄살을 피우며 최씨를 강릉댁에 게 데려가는 것이다.

최씨도 그런 지수 마음을 안다.

강릉댁 마음도 지수 마음도 다 알기에 지수가 엄살을 피우면 못 이 기는 척 리어카를 끌고 강릉댁한테 가는 것이다.

서울에서 명문 의대를 졸업한 지수가 이런 시골에 내려와 이 고생 을 하는 사정을 다 알기에 최씨는 지수가 늘 안쓰럽고 사랑스러웠다.

어려서 엄마를 잃고 아빠와 단둘이 살아오던 지수는 의대를 졸업하 고 좋은 직장에 취직을 하려던 시기에 갑자기 아빠가 새엄마를 데려 와 같이 살자고 하는 통에 화가 나서 집을 뛰쳐나와 이곳에 머물고 있는 것이었다.

어찌 보면 오랜 나날을 홀로 살아 온 아빠로선 재혼을 하는 것이 당연한 것인데.

지수가 화가 난 것은 이미 오래전부터 아빠와 그 새엄마란 여자는 알고 지냈던 사이란 점이다.

지수에겐 철저히 비밀로 하고 두 집 살림을 꾸려온 아빠가 너무도 미웠던 것이다.

지수의 엄마가 세상을 떠난 그 시기부터 같이 지수 몰래 살림을 차렸단 사실을 알고 지수는 더욱 화가 난 것이었다.

아빠에게 속고 살아왔다는 분함을 힘든 일로 잊으려고 애쓰는 지수였다. 그러나 이젠 아빠도 없다.

"그놈의 담배. 이젠 그만 끊지 못하겠소?"
입에 담배를 물고 있는 강릉댁을 발견한 최씨가 버럭 화를 냈다.
"낭군도 없는 년이 이거라도 없으면 무슨 낙으로 살까."
강릉댁이 최씨 말끝에 한마디 하면서도 얼른 담배를 땅 바닥에 놓고 발로 쓱쓱 비벼댔다.
"아따. 강릉댁은 앞에 낭군을 놓고 무슨 그런 말을. 호호……"
옆 생선가게 주인아주머니가 짓궂게 농담을 했다.
최씨는 그런 아주머니에게 무척 고맙다는 눈치를 보냈다.
최씨의 눈치를 받은 아주머니는 한쪽 눈을 찡끗거리며 한마디 더 한다.
"강릉댁 얼른 국수 좀 주지. 국수 얻어먹으려고 기다리다가 눈 다 빠질라."

강릉댁 얼굴이 홍당무로 변했다.

그런 강릉댁 얼굴을 바라보며 지수는 슬쩍 자리를 피한다.

"둘이 깨소금을 볶든 잡아먹든 얼른 국수나 줄 생각하소."

옆 어물전 남자 주인도 한마디하고는 슬쩍 자리를 피한다.

그 옆 주인도 이웃 아주머니에게 눈치껏 피하라는 눈짓을 하며 하나둘 자리를 피해주고.

최씨와 강릉댁 둘만 남겨 됐다.

멍석을 깔아 준 것이다.

"시원한 냉커피라도 한잔 마시러 가시겠소?"

주변을 두리번거리며 아무도 없는 것을 확인한 최씨가 은근슬쩍 강릉댁 옆에 앉으며 말했다.

"내가…… 왜? 최씨와 같이 간단 말이요?"

얼굴이 홍당무가 된 강릉댁이 몸을 움츠리며 기어들어가는 소리로 물었다.

"아따. 지수가 가게는 잘 지킬 터이니 같이 갑시다."

용기를 낸 최씨가 강릉댁 손을 슬그머니 잡았다.

"어머나!"

잔뜩 몸을 움츠리며 빼는 시늉을 했지만 강릉댁은 결코 최씨 손을 뿌리치지 못했다.

"갑시다. 응?"

최씨가 다정하게 다시 말하자 마지못해 강릉댁이 최씨를 따라 일어섰다.

"갑시다."

최씨가 강릉댁 손을 잡아끌며 앞장섰다.

"누가 보면 어쩌려고…… 이 손 놓고……."

마치 처음 연애하는 처녀처럼 수줍어하는 강릉댁 손을 최씨는 결코 놓지 않고 앞장서서 걸었다.

"됐다! 이젠 국수를 먹을 일만 남았군!"

자리를 피해 줬던 옆집 가게 주인 남자가 흐뭇한 미소를 띠며 저쪽으로 걸어가는 강릉댁과 최씨를 바라보고 있었다.

자리를 피해줬던 주변 사람들이 하나둘 다시 모여들었다.

"지수 네가 수고했다."

그 옆 아주머니는 지수를 보며 눈을 찡끗했다.

"두 분이 정말 잘 어울려요."

지수도 밝게 웃었다.

"그나저나 큰일이군! 두 홀아비 과부 붙여 주려다가 지수만 힘들게 생겼어."

옆집 가게 주인 남자가 지수를 보며 짓궂게 웃었다.

"큰일이라니?"

그 옆집 아주머니가 물었다.

"광명 호 들어 올 시간이잖아. 얼른 가서 생선 받아 와야 하는데 누가 가게는 볼 고?"

"지수가 생선 받으러 가는 동안 내가 두 집 가게를 봐주지 뭐."

옆 가게 주인 남자 말에 그 옆 가게 주인아주머니가 말했다.

"지수가 땀깨나 흘리겠네. 어제 날씨가 좋아서 오늘 많이 잡았을 텐데."

옆집 가게 주인 남자가 마치 지수를 놀리는 투로 말했다.

"괜찮아요. 그럼 부탁드릴게요."

지수는 그 아주머니에게 가게를 맡기고 얼른 리어카를 끌고 부두로 향했다.

강릉댁 어물전에 늘 가장 많은 잡어를 대주는 배가 광명 호였다.

부두엔 아직 광명 호가 보이지 않았다.

"오늘은 늦네."

지수는 리어카를 부둣가에 세워두고 근처 편의점으로 달려갔다.

목이 말라서 마실 것 좀 사려는 생각에서였다.

"지수 어서 와!"

편의점 알바를 하는 친구 영혜다.

오늘따라 영혜 모습이 무척 불안해하는 것을 알아차린 지수가 의아한 표정으로 영혜를 바라보며 눈짓으로 물었다.

영혜가 턱으로 한쪽을 가리켰다.

편의점 한쪽 구석에 마련된 탁자에서 험상궂게 생긴 남자 4명이 술을 마시고 있었는데. 벌써 많이 취해 있었다.

"술을 왜 저렇게 많이 마시도록 놔둬?"

지수가 걱정스러운 눈으로 영혜를 바라보며 속삭이듯 물었다.

"몰라. 어디서 이미 취해 가지고 와서……."

"그럼 그냥 내보내지."

"술을 안 판다고 난리를 치는 바람에 어쩔 수 없었어."

"이 짓도 쉬운 것은 아니구나."

"어떡하지?"

"더 두고 보다가 위험하다 싶으면 주인을 불러. 아님 경찰을 부르던가."

"응! 그래! 지수 넌? 뭘 사러 왔어?"

"너도 볼 겸. 목이 말라서."

지수는 편의점 냉장고에서 시원한 캔 커피를 하나 꺼내 들었다.

툭.

누군가 지수 어깨를 툭 쳤다.

"윽!"

화들짝 놀란 지수가 뒤를 돌아보다가 비명을 질렀다.

방금까지 탁자에서 술을 먹던 험상궂게 생긴 남자들 중 하나였다.

"커피보단 술이 좋지."

이 남자가 고의적으로 지수를 희롱하려는 생각이다.

지수 어깨를 잡은 손을 놓지 않고 악취 풍기는 누런 이빨을 보이며 히죽히죽 웃는다.

"뭐 하는 짓이에요? 손님한테."

영혜가 지수를 도우려고 한마디 하며 다가왔다.

짝.

술 취한 남자 손이 영혜 뺨을 후려쳤다.

"나도 손님이잖아. 미친년!"

술에 취해 비틀거리는 남자 손이지만 뺨을 맞은 영혜는 그만 주저앉아 울기 시작했다

"아니 이것들이!"

지수가 몹시 화가 났다.

술에 취한 남자 손을 뿌리치며 뒤로 확 밀어 버렸다.

남자는 비틀거리며 뒤로 밀려나다가 벌렁 넘어져 버렸다.

"이……! 이년이 사람을 치네."

"햐! 고년 참! 야들야들하네."

탁자에서 술을 마시던 패거리들이 우르르 일어나 지수에게 다가오며 한마디씩 떠들었다.

지수는 영혜를 일으켜 세우고 뒤로 주춤주춤 물러났다.

"왜들이래요?"

지수가 다가오는 남자들을 보며 겁에 질려 소리쳤다.

"왜들이래요? 네가 먼저 그랬잖아?"

"요게 우리가 누군 줄 알고 감히 대들어 대들긴?"

"야들야들한 게 데리고 놀만 한대. 잡아서 배에 태워."

남자들 4명은 우르르 달려들어 지수를 꼼짝 못하게 잡았다.

아무리 술에 취한 남자들이라도 8개 손을 뿌리칠 힘은 지수에겐 없었다.

"으악! 왜 그래요?"

지수가 비명을 질렀다.

"입 막아! 입부터 막아!"

남자 하나가 소리치며 지수 입을 큼직한 손으로 꽉 막았다.

"빨리 배에 태워."

남자들이 지수를 번쩍 들고 편의점 문을 발로 걷어차며 밖으로 나갔다.

"으악! 사람 살려요."

영혜가 뒤에서 소리를 질렀다.

사람들이 영혜 비명 소리를 듣고 우르르 몰려들었다.

"윽! 저건! 춘길이 패거리 아녀."

"왜 아녀. 저것들이 왜? 지수를."

"어쩌나. 지수가 왜 저것들 손에 잡혔는고?"

우르르 몰려든 사람들은 저마다 한마디씩 떠들기만 할 뿐 누구 하나 지수를 구해 주려고 나서는 사람은 없었다.

춘길이 패거리 하면 묵호항에선 모르는 사람이 없는 불량배들이다.

그냥 불량배라고 하기엔 그 세력이 너무 방대한 조직 폭력배들이다.

이곳 관할 경찰들조차 그들을 상대하기 싫어하는 폭력배들.

어떤 사람들 이야기를 들으면 그들은 어떤 단체에 속해 있으며 춘길이는 이곳 묵호항의 소두목이라 했다.

수없이 일어난 폭력 사건들.

경찰에 신고를 하면 반드시 그 신고한 사람만 다쳤다.

묵호항에선 누구도 건드리지 못하는 무법자들이 춘길이 패거리들이다.

웅성거리는 사람들 사이를 유유히 지나서 지수를 들고 간 불량배들은 호화로운 보트에 올라탔다.

마치 기다리기라도 한 듯 지수를 태운 보트는 고속으로 묵호항을 벗어나기 시작했다.

30여 분 후 보트는 외딴 무인도에 도착했다.

"흐흐흐…… 여기선 아무리 소리쳐도 듣는 사람도 없지"

춘길이 패거리들은 지수의 입을 틀어막았던 손을 치우고 징그럽게 웃기 시작했다.

그런데 어디선가 비웃는 소리가 들리는 것이 아닌가.

"킥킥…… 듣는 사람은 없어도 영미님이 이미 기다리고 있었다."

무인도 바위 위에서 오랫동안 잠들고 있었던 것처럼 하품까지 하며 영미가 몸을 일으켰다.

"햐! 오늘 신께서 우리들이 외롭다는 것을 아시고 하나를 더 보내셨네."

우주에서 온 소녀의 21세기 암행어사 ❷

"그러게 말이야. 고것 참 귀엽고 예쁜데."

춘길이 패거리들은 영미를 보고 침을 삼키고 있었다.

"헤헤…… 언니야! 이리 와!"

영미가 한 손을 들고 뭔가 잡아당기는 시늉을 하자 지수 몸이 붕 떠서 영미 곁으로 날아갔다.

"허……! 어찌된 거지?"

춘길이 패들이 신비한 듯 바라보며 중얼거리고 있는데, 영미는 지수에게 미소를 지어 보이며 말을 걸고 있었다.

"어찌할까? 저놈들을 죽일까? 아니면 그냥 한 대씩 때려줄까?"

"죽여."

영미 물음에 지수는 자기도 모르게 그렇게 말했다.

"헤헤…… 알았어. 헤이. 못된 인간들아. 여기 언니가 너희들을 죽이래. 지구에 법은 잘 몰라도 내가 법을 집행하는 감찰부령이거든. 그러니 오늘 이 언니 요구대로 너희들을 다 죽일게. 너희들이 이 언니에게 못된 짓하려고 이곳으로 납치한 것은 틀림이 없으니 죽어 마땅하다고 생각해. 해서 감찰부령 영미님이 오늘 지구인을 처형한다."

영미가 벌떡 일어났다.

"헉!"

춘길이 패들은 어린 영미 모습이 마치 거대한 파도 같다고 느꼈다. 아니 거대한 파도였다. 수만 톤은 되는 거대한 물기둥이 영미 뒤로 나타나 춘길이 패들을 덮쳤다.

"아아악!"

춘길이 패들은 비명과 함께 바닷물 속으로 사라지고 말았다. 그들이 타고 온 보트까지 걸레 조각처럼 부서졌다.

영미는 입을 동그랗게 모아 이상한 소리를 냈다.

갑자기 생겨난 수많은 상어 떼.

"뼈도 남기지 말고 깨끗이 먹어라."

영미의 말을 알아듣기라도 한 것처럼 상어들은 영미를 향해 고개를 끄덕이며 빙빙 돌더니 물속으로 사라졌다.

"언니야. 이제 나쁜 놈들 다 없어졌어."

아직도 고개를 숙이고 벌벌 떨고 있는 지수에게 영미가 손으로 어깨를 토닥이며 말했다.

"고마워요. 그런데 정말 누구세요? 신이세요?"

지수가 영미를 앉아서 쳐다보며 물었다.

"언니야. 나중에 차차 알게 돼. 그리고 그때 정말 내 언니가 되겠다면 나에게 전화해. 전화번호 여기 남기고. 그럼 내가 데리고 갈게. 아니면 제자로 남아 나 대신 임무를 수행하던가."

영미가 핸드폰을 지수에게 건넸다.

지수는 전화번호를 영미 핸드폰에 남기고 영미 전화번호를 자신의 핸드폰에 저장했다.

"그런데 어떻게 가지? 보트도 없이?"

지수가 보트가 걸레 조각처럼 찢겨나간 것을 보며 걱정했다.

"며칠만 여기 있자. 내가 언니에게 힘을 줄게. 다시는 나쁜 놈들에게 괴롭힘을 당하지 않게 아주 강한 힘을 줄게. 3일이면 돼."

영미가 지수 얼굴을 바라보며 말했다.

"뭘 먹고요?"

지수가 다시 걱정스럽게 물었다.

"언니 배고프구나? 잠시만."

영미가 품속에서 둥근 물체를 꺼내더니 손으로 만지작거리자 얇은 철판처럼 변했다. 그 철판을 돌 위에 놓고 입을 동그랗게 하더니 이상한 소리를 냈다.

푸우……

바닷물 속에서 큰 거북이 한 마리가 물 밖으로 나오더니 발 사이에 들고 온 해초와 해삼, 멍게. 그리고 커다란 알을 하나 내려놓고 영미에게 꾸뻑 인사를 하더니 바닷물 속으로 다시 사라졌다. 지수는 그 신비한 광경에도 놀라지 않았다. 이미 영미의 신비함을 봤으므로.

영미는 해초와 해삼 멍게 등을 씻어 철판 위에 올려놓았다.

"헤헤…… 이건 영미님의 요리법이야 잠시 기다리면 돼. 그 전에 알은 언니가 먹어. 매일 하나씩 먹어야 해."

말을 마치고 영미는 알을 들어 지수에게 줬다.

지수는 알을 받아 들고 잠시 망설이더니 한쪽을 깨서 입으로 쭉 빨아 먹었다. 약간 비릿한 맛이지만 먹을 만했다.

"헤헤…… 그 알은 천년을 살다가 죽는 거북이들이 남기는 힘을 비축한 단이란 것이야. 언니의 힘과 지능을 순식간에 끌어올려 줄 약이지. 3일간 3개만 먹자."

영미가 대수롭지 않다는 투로 말했다.

"그래요? 먹자마자 몸속에서 뜨거운 기운이 넘치는 것 같아요."

지수가 신비한 표정으로 말했다

영미는 품에서 광선총을 꺼내 철판 위에 해물들을 향해 빛을 뿌리자 순식간에 해물들은 잘 익었다.

"헤헤…… 먹자. 맛있을 거야."

영미가 지수 앞에 털썩 앉아 해삼을 하나 들어 지수에게 건넸다. 지수는 해삼을 받아 입으로 가져가 한입 먹어봤다.

"햐……! 어찌 이런 맛이."

지수는 태어나 그런 맛은 처음이었다. 신비하게 맛있는 해삼구이.

"헤헤…… 이건 영미님이 외출 시 갖고 다니는 요리도구야. 그릇은 특수 철판으로 만들어 향과 맛을 조절해주고. 아, 뭐. 무기로도 사용하지만. 광선총 역시 무기지만 잘 조절하면 불로도 사용이 가능하거든. 우선 먹자. 그리고 3일 후 내가 언니 집까지 데려다줄게. 아마 그때 지구에서 가장 강한 인간이 돼 있을 거야. 언니가 이 영미님 제1호 제자가 되는 것이지. 헤헤……."

영미는 생글생글 웃는다.

"정말 신이세요?"

지수가 영미를 보며 두 눈을 맞추며 물었다

"엥? 무슨 신?

영미가 웃으며 되물었다.

"아까 보니까 신 같았는데……."

지수가 영미가 큰 파도를 일으켜 불량배들을 죽인 장면을 떠올리며 말했다.

"그냥 그런 능력이 있는 사람이라 생각해줘. 그런데 언니는 가족이 없어? 아니면 잃어버렸나?"

영미가 물었다.

"아니 부모님도 있었고 동생도 있었어. 아버지 성함은 정민수 엄마이름은 오지희. 남동생이 하나 있었는데, 당시 갓 태어난 아기였어. 어느 날 갑자기 내 앞에서 사라졌지. 벌써 6년이 흘렀네."

지수가 두 눈에 눈물을 글썽이며 말했다. 영미는 그런 지수 등을 손바닥으로 토닥이고 있었다.

인연

터키의 작은 마을 nigde

네데 사디반 골목에 조그만 음식점이 하나 있었다. 하루 종일 오는 손님이라고는 다섯 손가락에 들 정도로 장사가 안되는 곳이었다.

음식점이라고 하기엔 달랑 김밥 하나만 팔고 있어서 한국 사람이 아니면 찾는 손님은 당연히 없었다.

아침부터 단 한 명도 오지 않던 가게에 정오 무렵 키가 크고 눈이 파란 예쁜 소녀가 찾아왔다.

"김밥 두 줄만 줘."

소녀는 존댓말은 모르는 듯 반말을 했다. 허나 가게 주인은 아랑곳하지 않고 김밥을 썰어 소녀가 앉은 탁자에 가져다주었다.

"김밥이 맛있다. 난 세상에 태어나 이렇게 맛있는 음식은 처음이다."

소녀는 김밥을 정말 맛있게 먹고 있었다.

"맛있게 먹어줘서 고마워."

가게 주인은 웃으며 말을 했다. 그리고 보니 가게 주인도 이제 겨우 18세 정도의 어린 소녀였다.

"너 몇 살이야?"

김밥을 먹던 소녀가 주인에게 묻는 말이다.

"난 18살. 너도 18살이지?"

주인 소녀가 입가에 미소를 지으며 대답과 동시에 되물었다.

"맞아! 나도 18살이야. 너에게 의뢰를 하려고 왔어."

김밥을 다 먹고 소녀가 주인 소녀를 빤히 보며 말했다.

"무슨 의뢰?"

주인 소녀가 물었다.

"앞으로 내 친구가 되어줘. 그게 의뢰야. 난 친구가 없어. 이유는 내가 너무 똑똑해서 그래. 사람들은 왜 아이큐가 그렇게 낮은지 모르겠어. 나의 3분의 1도 안 돼."

파란 눈을 깜빡이며 김밥을 먹은 소녀가 말했다.

"그래. 내가 봐도 넌 아이큐가 300은 넘겠다. 이름이 뭐니?"

주인 소녀가 파란 눈을 가진 소녀를 유심히 살펴보면서 물었다.

"나 미미라고 해. 넌 이름이 선리지?"

자신을 미미라고 소개한 소녀가 물었다.

"그래, 선리야. 아무튼 반가워. 네 의뢰를 받아 줄게."

김밥집 주인 선리는 환하게 웃으며 말했다.

"고마워, 친구. 넌 곧 한국으로 간다고?"

미미가 두 눈을 반짝이며 물었다.

"그걸 어떻게?"

선리가 놀라는 표정으로 물었다.

"내가 똑똑하다고 그랬잖아. 한국에 가서도 김밥을 만들어 팔겠지? 꼭 맛있는 김밥을 팔아. 그럼 내가 찾아갈게. 사실 나의 스승님들도 곧 한국으로 간다고 하시더라. 어쩌면 나도 따라갈지도 몰라."

미미가 약간 서글픈 표정을 지으며 말했다.

"그동안 정이 많이 들었구나?"

선리가 미소를 지으며 물었다.

"역시 다른 인간들과는 달라. 금방 알아채고. 맞아. 이곳에 정이 들 만 하니 또 이동해야 한단다. 지구를 아마 다 돌아다니시나 봐. 우리 스승님들은. 덕분에 난 친구가 없지 뭐야. 이젠 네가 생겼지만. 우린 영원히 친구지?"

미미가 선리에게 다짐을 받듯이 물었다.

"당연하지. 네가 어디 있든 내가 어딜 가든. 우린 영원히 친구야. 미미와 선리는 영원히 친구."

선리가 말을 하며 손을 내밀었다. 미미도 선리의 손을 굳게 마주 잡았다.

"선리 고맙다. 난 넌 내 친구가 되어줄 것이라 믿었어. 왜냐하면 넌 자기보다 똑똑한 사람을 시기하고 질투하는 그런 애들과는 다르거든. 내가 지금까지 만난 아이들 중에 넌 정말 최고로 똑똑해. 넌 아이큐가 얼마야?"

미미가 선리에게 물었다.

"미미보다 한참 낮아. 내가 본 사람들 중에 미미 너는 두 번째로 아이큐가 높은 것 같아."

선리가 말했다.

"두 번째? 그럼 나보다 아이큐가 높은 사람을 너는 알고 있구나? 그렇지?"

미미가 두 눈을 초롱초롱 빛내며 물었다

"응. 어제 만났어. 나중에 네가 한국으로 찾아오면 누군지 알려줄게."

선리가 고개를 끄덕이며 말했다.

"정말? 야호!"

갑자기 미미가 팔딱 뛰어 선리를 두 팔로 안아버렸다. 선리도 그런 미미를 가만히 안고 있었다.

"가만. 이것들이 또 장난질이네."

선리를 안고 있던 미미가 투덜거리며 선리를 안은 그 자세로 선리와 함께 붕 떠서 옆으로 이동을 했다.

쾅.

요란한 소리와 함께 지나가던 오토바이가 그대로 가게로 돌진해서 미미와 선리가 있던 자리를 박살내고 멈추었다. 오토바이 운전자는 없었다. 이미 탈출을 한 모양이다.

"무슨 말이야?"

선리가 미미에게 물었다.

"어떤 못된 인간들…… 아니 자칭 자신들이 신이라나 뭐라나. 아무튼 웃기는 허접쓰레기들이 나를 죽이려고 하거든. 심심하면 이것들이 나를 귀찮게 해서 호호호……."

미미가 재미있다는 듯 웃었다. 허나 선리는 많이 놀란 모양이다. 그런 선리를 미미가 두 팔고 꼭 안아주고 있었다.

"놀랐지? 괜찮아 그것들은 나만 죽이려고 계속 시도를 해. 호호…… 자기들 뜻대로 안 되니 많이 약 오를 거야. 호호…… 아무튼 요즘은 그자들 때문에 심심하지는 않아."

미미가 파란 눈을 반짝이며 말했다.

"아무튼 미미 너도 조심해."

선리가 걱정되는 눈으로 말했다.

"괜찮아. 그자들 하는 짓이 꼭 어린아이 수준이라서 나를 어쩌지는 못해."

미미가 선리를 안심시키며 두 손을 흔들었다.

푸시시.

가게로 돌진했던 오토바이는 재가 되어 흩어지고 부서졌던 의자와 탁자는 언제 그랬냐는 듯 원상태로 돌아와 그 자리에 있었다.

"오! 미미 너 대단하다. 너 나하고 같이 살지 않을래?"

선리가 놀랍다는 표정으로 말했다.

"정말? 고마워, 친구야. 하지만 지금은 안 돼. 언젠가 스승님들이 내 곁을 떠나면 꼭 너를 찾아갈게. 그럼 같이 살자."

미미는 새끼손가락을 내밀었다. 선리도 새끼손가락을 내밀어 손가락 약속을 했다.

"어제 만난 그분이 나에게 이걸 주고 너에게 전해 주라고 한 것 같은데. 너에게 도움이 될지 모르겠다."

선리는 조그만 책자를 하나 미미에게 전해줬다.

"어제 만난 분이라면? 나보다 아이큐가 높은 그 사람?"

미미가 묻고 선리는 고개를 끄덕이고 있었다. 미미는 선리가 준 책자를 펼쳐보더니 두 눈을 반짝인다.

"오호! 이건 투명 인간처럼 자신의 몸을 남의 이목에서 사라지게 만드는 비법인데. 그분이 이걸 나에게 전해주라고? 왜?"

미미가 선리에게 물었다.

"너에게 도움이 될 거라 했어."

선리가 말했다.

"음……! 그래. 도움이 많이 될 것 같아. 저 허접한 신이라는 자들로부터 내 모습을 감추고 자유롭게 되라고? 그럼 그분은 이미 나에 대하여 다 알고 있다는 것인데. 점점 궁금해지네."

미미가 두 눈을 반짝이며 말했다.

"한국으로 꼭 찾아와. 그럼 다 말해줄게."

선리가 미소를 지으며 말했다.

"알았다. 꼭 갈게. 약속."

"그래! 약속."

인연으로 만난 선리와 미미는 그렇게 약속을 했다.

부용화.

올해 73살, 꼬부랑 할머니다.

정도추.

올해 76살, 비쩍 마른 장작개비 같은 노인이다.

둘은 부부다.

그들 부부에겐 어린 손자 녀석이 늘 귀염둥이 노릇을 하며 즐거움을 주고 있다.

정장운.

올해 7살이다.

장운은 태어날 때부터 몸이 허약했다.

감기몸살은 기본이고.

온갖 병이란 병은 늘 달고 살았다.

두 노인들은 손자 녀석 병 치료를 위해 약초란 야초는 모두 캐 근처에 이젠 약초가 될 만한 풀뿌리조차 남아있지 않았다.

산에 없으면 들에서 찾고 들에도 없으면 바닷속에서 찾지.

두 노인들은 이젠 매일 하는 일이 바다 속을 뒤지는 것이었다.

다행스럽게 장운은 타고난 천재였다.

하나를 가르쳐주면 열을 깨우치니.

두 노인들은 그 기쁨으로 살아가는지도 모른다.

콜록콜록…….

심하게 기침을 하는 소년.

장운이 두 노인들이 바닷속에 들어간 사이 기침을 하며 어디론가 걸어가고 있었다.

가운데 봉우리를 향해 가파른 절벽 사이로 아슬아슬하게 곡예 하듯 걸어가는 장운.

언제부터인가 기침 소리도 사라졌다.

병약하던 소년 모습도 사라졌다.

가운데 봉우리 아래 사람 하나가 겨우 들어갈 만한 크기의 동굴이 나타났다.

"미야!"

소년은 동굴 입구에서 누군가를 불렀다.

"들어오너라!"

여인의 음성이 들렸다.

장운은 동굴 속으로 걸어 들어갔다.

동굴은 꽤 길게 이어졌다.

1각 정도 걸어 들어가니 넓은 마당이 나타났다.

까마득히 높은 절벽위로 하늘이 보이는 공간이었다.

철썩철썩……

파도 소리가 들리며 절벽 틈새로 바닷물이 간혹 스며들어왔다가 나가곤 했다.

바다와 비슷한 높이에 위치한 공간인 모양이다.

30여 평 되는 공간에 돌로 만들어진 의자와 탁자가 하나씩 놓여 있고 그 의자에 노란 옷을 입은 여인이 한 마리 나비처럼 앉아 있었다.

선리와 친구가 되기로 약속한 미미였다.

"늙은이들 몰래 왔겠지?"

미미 입에서 매서운 한기가 풍긴다.

"응!"

미미의 싸늘한 한기에 주춤 물러서며 장운이 대답했다.

"여기까지 오는데 콧등에 땀까지 맺히고…… 에구……!"

미미가 한심하다는 투로 말했다.

장운은 얼굴을 붉히며 고개를 푹 숙였다.

"남자 녀석이 숫기도 없고 배짱도 없고. 뭐 이런 녀석을 가르치라고 했나 모르겠네. 아무튼 공짜는 없다 이거지. 투명 인간처럼 변하는 것 하나 가르쳐주고 대신 이런 어린애를 가르치라니. 에고. 내 팔자야."

미미가 투덜거렸다. 아마도 선리를 통해 미미에게 투명 인간처럼 변해서 자신의 모습을 감추는 무예를 가르쳐준 사람이 대신 이 아이 장운을 가르치라는 조건을 제시한 모양이다.

"……!?"

장운은 뭐라 대꾸하기도 그렇고 해서 그냥 멀뚱멀뚱 서 있기만 했다.

"오늘부터 경공을 가르쳐주마. 잘 보고 똑똑히 배워! 시범은 한 번 뿐이니까. 내일부터 이곳에 오는데 콧등에 땀이 맺히기만 해봐. 죽는다. 알았어?"

미미가 한기를 풍기며 싸늘하게 말했다.

"알았어!"

장운이 주눅이 든 표정으로 얼른 대답했다.

"그리고 한 번만 더 미야! 하고 부르면 그땐 죽는다."

미미가 갑자기 손에 표창을 하나 들고 던지는 시늉을 하며 장운을 무섭게 노려봤다.

"그럼! 뭐라고 불러?"

장운이 화들짝 놀라 두 손으로 얼굴을 가리며 물었다.

"아가씨라고 부르란 말이야!"

미미가 답답하다는 투로 말했다.

벌써 수없이 그렇게 부르라고 말을 했지만 장운이 듣지를 않는다.

"그럼……! 난…… 하인 같아서 싫다니깐!"

장운이 미미보고 아가씨라고 안 부르는 것은 그런 생각 때문이다.

"또 그놈의 하인 타령…… 너! 죽을래?"

미미가 무서운 눈으로 장운을 바라보며 한 걸음 한 걸음 다가왔다.

"그래서 밤새 생각해봤는데……!"

장운이 주춤주춤 물러나며 말했다.

"뭘?"

미미가 다가오던 걸음을 멈추며 물었다.

"스승님이라 불러도 안 되고, 누님이라고 불러도 안 되고. 그러니 이젠 한 가지밖에 없잖아."

장운이 말했다.

"한 가지? 그게 뭔데?"

미미가 얼른 말하라고 재촉하고 있었다.

"소 사부."

장운이 얼른 말했다.

"뭐? 소 사부? 작은 사부라고?"

미미가 물었다.

"응!"

장운이 어떠냐고 묻는 표정을 지으며 대답했다.

"요게 죽을라고 환장했네!"

미미가 갑자기 허리춤에서 채찍을 꺼내 들고 장운을 향해 휘둘렀다.

"켁!"

채찍은 장운의 목을 칭칭 감았다.

"분명히 말하는데…… 너! 까불면 죽는다. 모르는 사람이 가르치라고만 했지 널 죽이지 말라고는 안 했어. 알아?"

미미가 금방 장운에 목에 감긴 채찍을 잡아당길 태세다.

"그…… 그럼 뭐라고 불러?"

장운이 풀죽은 표정으로 물었다.

"저것 봐! 남자 녀석이 금방 풀이 죽어서…… 에고…… 저걸 왜 가르치라고 하셨을까. 에고…… 불쌍해서 그냥 봐줬다. 소 사부님이라고 불러! 알았어?"

미미가 선심 쓰듯 장운의 목에 감겼던 채찍을 풀어 허리춤에 다시 차고 뒤로 날아가 돌 탁자에 앉았다.

"알았어! 소 사부님!"

장운이 얼른 말했다.

"안 돼! 그게 아냐! 잘못 들으면 내가 소 같잖아. 에고 그냥 작은 사부님이라고 불러."

미미가 마치 명령하는 투로 말했다.

"알았어! 그렇게 부를게."

장운이 대답했다.

"그럼 잘 봐! 날아가는 시범을 보일 테니……."

말이 끝나기 무섭게 미미의 몸은 희미한 그림자를 만들며 까마득히 높은 절벽 위로 날아 올라갔다.

"우아!"

장운의 입에서 탄성이 터졌다.

"잘 봐! 내려간다!"

미미가 다시 절벽 위에서 소리치며 마치 낙엽이 떨어지듯 빙글빙글 회전하며 바닥으로 내려왔다.

"다 봤지?"

미미가 장운에게 물었다.

"응!"

장운이 고개를 끄떡한다.

"그래도 돌머리는 아니라서 편하긴 하군. 연습하고 있어! 난 배가 고파서 말이야!"

미미가 입가에 살짝 미소를 짓더니 연기처럼 사라졌다.

"저, 저건 어떻게 하는 것인지 봐도 모르겠어."

장운이 고개를 갸우뚱하며 중얼거렸다.

2033년 지구 이야기와 주인공

하나와 수민이가 한적한 길을 걷고 있었다.

"키득키득. 신기해! 참 신기해!"

갑자기 뒤에서 들려오는 비웃음 소리에 하나와 수민이는 고개를 돌렸다.

"……!?"

하나와 수민이는 의아한 표정으로 비웃고 있는 소녀를 바라보았다. 눈이 얼마나 큰지. 조그만 얼굴의 4분의 1은 차지하는 신비한 소녀. 영미다.

"헉! 대단하다. 나와 수민이가 열 명은 있어도 상대가 안 되겠다. 아니 아무리 많아도 옷깃 하나 건드리지 못하겠다."

하나는 영미가 엄청난 고수란 것을 한눈에 알아봤다.

"이 아인 또 누군데 이렇게 강하지. 신이라고 하는 그들인가. 하나가 산이라면 이 아인 하늘이다. 아주 높고 높은 하늘 그 자체."

수민이 역시 영미가 엄청난 고수란 것을 알아보고 경계를 하며 영미를 바라보고 있었다.

"해의연 유격대라……? 그럼 네가 동물들의 별, 밀용성의 유일한 나라 해의연이라는 곳에서 유격대를 조직해서 싸우다가 전멸당한 안타까운 그들의 대장이었고, 배신자를 찾으러 지구로 온 멍청이라고? 죽을 자리도 모르는 천방지축 어리석은 그 바보?"

영미가 수민이를 힐끗 보고 고개를 돌려 하나를 보며 물었다. 하나로서는 영미 말 하나하나가 엄청난 모욕이었다. 허나 하나는 상대기 악의가 없다는 것을 알고, 또한 자신이 아무리 많아도 이길 수 없는 상대란 것을 알고 영미의 말을 더 들어보기로 했다.

"말이 지나치군요?"

하지만 수민이는 금방이라도 공격할 자세로 한마디 했다.

"신기해! 참 신기해!"

영미는 고개를 돌려 수민이를 요리조리 뜯어보며 고개를 갸웃거리며 말했다.

"참 신기해! 어찌 아직도 저렇게 매연 풍기는 기구를 만들고 땅에 도로를 만들어 그 위를 달리고 있나? 저런 것은 이미 400년 전에 사라진 것들인데. 이렇게 미개한 지구에 이렇게 완벽한 인간이 존재하지. 언니라고 해야 하나? 큭큭…… 아무튼 그렇다 치고. 이름이 수민이라고? 안수민?"

영미가 수민이에게 물었다.

"어떻게 내 성까지?"

수민이는 영미를 의문스러운 표정으로 바라보며 물었다.

"키득. 키득."

영미가 대답 대신 다시 웃기 시작했다. 수민이는 갑자기 기분이 나빠지기 시작했다.

막 한마디 하려고 하는데 다시 영미가 말을 했다.

"자칭 자신이 천재라고 우쭐해하는 언니라고 부르기도 그렇고. 댁의 동생 말이야."

"헨리? 헨리를 알아?"

수민이가 깜짝 놀라며 급히 물었다. 혹시나 영미가 헨리에게 나쁜 짓이라도 했을까 봐 놀란 것이다.

"응. 조금 전에 만났어."

영미가 생글생글 미소를 지으며 말했다.

"내 동생에게 무슨 짓을 한 것 아니야?"

수민이가 공격 자세로 물었다.

"오! 그렇다면 목숨이라도 버릴 기세로군. 걱정 마. 친구 하기로 했으니깐."

영미가 말했다.

"뭐? 헨리하고 친구?"

수민이가 공격하려던 자세를 풀고 다시 물었다.

"그래. 잠시 별을 보며 걷고 있는데, 키득키득…… 녀석이 나한테 반했다나 뭐라나. 쫓아다니며 치근덕거려서 그냥 친구하기로 했어."

영미가 말했다.

"하하…… 그러고 보니 헨리가 딱 좋아하는 스타일 맞네."

수민이가 웃으며 영미를 요리조리 살펴보고 말했다.

"헌데 당신은 누군가요?"

이번엔 하나가 영미에게 물었다.

"친구 부탁을 받고 언니를 찾아왔지. 죽을 자리인 줄 모르고 불나방처럼 지구로 간 불쌍한 제자를 살려달라고 친구가 그러더군."

영미가 말했다.

"네에? 그럼 삼태성에 계신 스승님께서?"

하나가 무척 반가운 표정으로 물었다.

"맞아! 박유혁이 내 친구야."

영미가 말했다.

"아! 제자 하나가 인사드립니다."

하나가 꾸뻑 고개를 숙여 인사를 했다.

"아! 이게 아닌데. 왜 내가 그대 스승이야? 이러지 마."

영미가 손을 휘휘 저으며 말했다.

"스승님의 친구면 제겐 스승님과 같습니다."

하나가 공손히 인사를 하며 말했다.

"아무튼 그렇다고 하고. 본론으로 말을 할게. 친구 부탁으로 그대를 살려주려고 오긴 했는데. 걱정 안 해도 되겠어. 옆에 이렇게 완벽한 인간이 있을 줄은. 키득키득…… 허나 그대들만으로는 안전하지가 못해. 지수 언니를 그대들 곁에 두고 갈게."

영미가 그렇게 말을 하며 어둠 속을 향해 미소를 지었다.

어둠 속에서 소리 없이 미끄러지듯 지수가 걸어왔다.

"혁! 이 여자도 우리 상대는 아니다. 엄청 강하다. 너무 강해."

하나는 자기도 모르게 소리쳤다.

수민이는 역시 무척 놀라고 있었다.

"지수라고 합니다. 스승님께 3일간 배웠습니다."

지수가 영미를 가리켜 스승이라 하며 하나와 수민이게 손을 내밀어 인사를 나눴다. 하나와 수민이는 인사를 하면서도 무척 놀랐다. 겨우 3일간 배웠다는데 엄청난 고수가 됐다는 말에 더욱 영미가 신비스럽게 느껴졌다.

"당분간 셋이 같이 다니면 위험하지만 큰 사고는 없을 것 같아. 난 해야 할 일이 있어서. 참! 이거를 주고 갈게. 내가 만든 무기야. 몸은 지켜 줄 것이야."

영미가 하나에게 팔찌 같은 무기를 주고 막 떠나려 했다.

"잠시만. 성함이라도."

"난 영미. 이 지구가 아직 자동차라는 기구를 타고 다니는데 우리 천국성에선 이미 400년 전에 없어진 물건들이지. 아마 지구도 앞으로 그럴 거야. 차츰 제자리에서 뜨고 내리는 비행물체를 만들어 개인이 소유하면서 도로와 공항의 활주로 이런 것들이 사라지고 더 나아가서는 개인이 하늘을 날아다니는 시대가 올 거야. 허니 내가 하늘을 날고 갑자기 사라지고 하는 것을 신비롭게 생각하지는 말길. 지구보다 1,000년은 앞선 문명의 별의 모든 것을 보유한 몸이니깐. 아, 우리 별 천국성은 지구보다 500년 정도 앞선 문명이라고 보면 돼. 그런 백타성과 천국성의 암행어사라고나 할까. 한 가지만 알려줄게. 그대들이 신이라 부르는 자들. 야두리혁이란 악마가 만든 인조인간에 불과해. 또한 수민이 동생 헨리 역시 마찬가지고."

마지막 음성과 함께 영미 모습은 연기처럼 사라졌다.

"뭐라고? 헨리 역시 마찬가지라니? 그게 무슨 말이야?"

사라진 영미에게 수민이가 놀라 소리쳐 물었다.

"큭…… 큭…… 곧 알게 될 거야. 정자와 난자를 길러 만든 특별한 인간. 정말 신기해. 탐정 w."

수민이만 듣게 조그만 소리가 귓속으로 파고들었다.

"헉! 어떻게 내 정체를……!"

수민이는 너무 놀라서 하마터면 목소리가 밖으로 나올 뻔했다. 그런데 수민이가 영미가 사라진 곳을 넋을 놓고 바라보고 있는 것이 아닌가. 하나가 그런 수민이를 보며 두 눈을 반짝 빛냈다.

헌데, 수민이가 탐정 w라고? 분명 탐정 w는 소년이라고 했는데…….

선녀이야기

"아빠! 도움이 필요해요!"

준석은 아버지 이선국에게 전화로 도움을 요청했다.

전후 사정을 이야기하고 따라오는 차량들을 막아 달라고 요청했다.

준석으로서는 그럴 수밖에 별 방법이 없었다.

"아버지께서 어쩐 일인지! 부탁을 순순히 들어주시네!"

준석이 고개를 갸우뚱했다.

이선국이 이유를 대충 듣고 바로 알았다 하며 준석의 요청을 받아들였기 때문이다.

"마! 이제 알았냐? 너희 아버지가 널 얼마나 믿고 사랑하는지?"

문직이 당연하다는 투로 말했다.

서울 톨게이트가 가까워지자 차량이 밀리기 시작했다.

빵빵.

검은색 승용차 하나가 준석이 차량 우측에 바싹 붙으며 차 문 유리창 좀 내리라는 손짓을 했다.

문직이 유리창을 내렸다.

"아저씨 말고 뒤에 아가씨와 말 좀 합시다!"

검은색 승용차 뒷좌석의 차 문 유리창이 내려오며 훤칠한 용모의 청년이 말을 걸었다.

"저한테 말씀하시죠!"

문직이 말했다.

"아니 아가씨에게 한마디만 묻고 싶은 게 있어서 그래요! 부탁 좀 합시다!"

청년은 공손하게 부탁하고 있었다.

"혜미야 유리창 좀 내려!"

선녀가 오른쪽에 앉은 혜미에게 말했다.

"네!"

혜미는 얼른 대답하고 유리창을 내렸다.

"왜 그러세요?"

혜미가 옆 차 청년에게 물었다.

"저 아가씨 성함이?"

청년은 선녀 이름을 묻고 있었다.

"그건 왜요?"

혜미가 대답하기 싫다는 투로 말했다.

"아! 아까 휴게소에서 저 아가씨가 날아가는 모습을 카메라에 담아서 홈피에 올릴 건데, 성함을 알아야지요! 그냥 신비의 여인 그렇게 올리려다가!"

청년은 핸드폰을 들어 보이며 말했다.

"허! 내일 아침이면 인터넷에 동영상이 도배를 하겠군! 신문과 TV에서도 난리일 텐데!"

준석은 당장 내일이 걱정이었다.

지금이야 아버지 도움을 받아 따라오는 차량들을 따돌린다 해도 자신의 차량번호를 조회하면 주소지가 나올 텐데 마음먹으면 찾는 것은 누구나 쉬웠다.

"그냥 그렇게 올리시던가!"

혜미는 못마땅한 투로 말했다.

"혜미야! 그렇게 말하면 못써! 상대는 공손하게 말하는데."

선녀가 혜미를 야단쳤다.

"나, 나는 언니를 위해서!"

혜미가 황급히 변명을 했다.

"그래! 알아! 내가 말할게!"

선녀가 혜미를 달래며 약간 엎드려 차창 쪽으로 얼굴을 가지고 갔다.

"저에게 관심을 보여 주시는 것은 고마워요. 하지만 먼저 신분을 밝히시는 게 도리 같네요!"

선녀가 방긋 웃으며 말했다.

청년은 선녀의 웃음에 취한 듯 잠시 멍하니 선녀 얼굴을 바라보더니 이내 정신을 차렸다.

"하하. 죄송합니다. 제 소개가 늦었군요! 전 성내동 사는 장수철이라 합니다!"

청년은 자신의 소개를 그렇게 했다.

"헉! 이제야 알겠다! 어디서 본 듯하더니! k 소프트 장 사장이었구나!"

문직이 놀라 소리쳤다.

"보잘것없는 저를 알아봐 주시니 감사합니다!"

청년이 문직을 향해 미소를 지으며 말했다.

"아! 맞다! 오빠! 나도 전에 인터넷에서 봤다!"

혜미도 한마디 했다.

"난 처음부터 알고 있었다. 안녕하십니까? 장 사장님?"

준석이 고개를 돌려 장수철을 바라보며 인사를 했다.

"아. 네! 안녕하…… 엇! 시장님 둘째 자제분이시군요! 안녕하십니까? 반갑습니다!"

장수철도 준석을 금방 알아봤다.

"아. 네! 좀 조용히 하셨으면. 다른 사람들이 듣겠습니다!"

준석이 얼른 말했다.

"알았습니다! 저녁에 댁으로 찾아뵙겠습니다!"

장수철이 고개를 끄덕이며 대답했다.

"저녁엔 정신이 하나도 없을 텐데. 아무튼 조용히 지나가 주셨으면
합니다!"

준석이 말했다.

"네! 그럼!"

장수철은 대답을 하며 유리창을 올려 버렸다.

장수철을 태운 차량은 갓길 쪽으로 방향을 바꾸며 사라져갔다.

"오빠! 장 사장이 왜 그냥 가지?"

혜미가 이상하다는 투로 물었다.

"준석이 시장님 아들이란 것을 알고 그냥 간 거야!"

문직이 대답했다.

"그게 뭐 어때서?"

혜미는 이해가 가지 않는다는 듯이 다시 물었다.

"하하. 생각해봐라! 장 사장 같은 뛰어난 머리가 시장님 아들이 탄
차를 이렇게 많은 차량들이 따라오게 그냥 놔둘 것이 아니라는 것을
왜 모르겠니? 이미 어떤 조치를 취했을 것이라는 사실을 알아버린 것
이지! 거기다가 선녀 누님을 보호하려고 한다는 사실까지 이미 눈치
를 챈 것이야!"

문직이 생각은 옳았다.

장수철은 이미 그것까지 예상하고 갈 길을 간 것이다.

이미 선녀가 어디로 가는지 목적지를 안 이상 더 이상 따라갈 필요도 없었지만, 따라가 봐야 헛수고란 것도 알았던 것이다.

"저 사람이 유명한 사람이니?"

선녀가 혜미에게 물었다.

"k 소프트라고 컴퓨터 소프트웨어를 개발하는 회사인데 2~3년 사이 우리나라 재벌 순위 상위로 올라선 회사의 사장이에요! 아직 미혼에다가 미남이고 돈 많고 머리 좋다고 소문이 나서 여대생들의 인기 순위 부동의 1위 자리를 지키고 있는 사람이죠!"

혜미는 자신이 알고 있는 내용을 자세히 말해 주었다.

"하하…… 그런 사람이 누님에게 반했으니. 누님 서울 나들이는 첫날부터 순탄치 않을 것 같네요! 하하."

준석이 호탕하게 웃었다.

톨게이트에 도착하자 경찰들이 쫙 깔려 있었다.

톨게이트 진입로부터 차량 진입을 유도하며 1차선을 비워둔 체 나머지 차선으로 차량들을 진입시키고 있었다.

준석은 그대로 1차선을 통과해 톨게이트를 빠져나왔다.

톨게이트 요금 내는 곳은 준석 일행이 보이지 않을 때까지 차량들을 붙잡아 두고 있었다.

준석은 속도를 내서 가락동 방향으로 달렸다.

아무도 따라오지 않았다.

이선국은 일찍 퇴근하여 집에 와있었다.

정원이 바로 보이는 탁 트인 방 하나를 일꾼들이 청소도 하고 도배며 가구며 방 꾸미는 일을 직접 지휘하고 있었다.

"침대는 창문 쪽으로 놓고. 소파는 이쪽으로."

이선국이 일꾼들에게 잔소리를 하는 모습을 의문스럽게 바라보는 두 여인이 있었다.

거실 소파에서 앉지도 못하고 서서 이선국을 바라보는 두 여인.

한 명은 이선국의 비서 문영주였다.

문영주 옆에 서 있는 여인은 40대로 보이는 지성미가 철철 넘치는 키가 크고 몸매도 늘씬한 여인이었다.

홍수진.

나이 45세.

바로 준석이 어머니이며 이선국의 부인이었다.

"준석이가 누굴 데려오는데 저러시나! 아가씨보고 가정교사를 하라고 하셨다고? 누군지 말씀은 없고?"

수진은 영주를 보며 물었다.

"네! 퇴근 후 어떤 아가씨를 가르치란 말씀만 있으셔서."

영주는 공손히 대답했다.

"누굴까! 준석이가 데리고 온다는 그 여자아이가 도대체 누구기에! 마치 공주님 방을 꾸미듯 저 날리신 지. 원. 아가씨가 s대 행정과 수석 졸업했다고 하던 그 아가씨 맞지? 이름이."

수진은 영주를 보며 확인하듯 물었다.

"네! 문영주예요!"

영주가 얼른 대답했다.

"누굴까! 도대체 누구지! 그냥 아는 사람의 딸이라고만 하던데."

수진은 아무리 생각해도 이해가 가지 않았다.

자신이 알고 있는 사람은 분명 아니고.

남편이 아는 사람의 딸이라 해도 저렇게까지 공주 모시듯 한다는 것이 의문스러웠다.

지금까지 살아오면서 생전 처음 보는 남편 모습이었기 때문에 의문은 더 컸다.

"여보! 영주 데리고 나가서 요 앞 꽃가게에서 예쁜 꽃들 좀 사 가지고 와!"

이선국이 아내 수진에게 하는 말이다.

"영주는 아까 사 온 꽃병도 가지고 오고!"

이선국이 다시 말했다.

"네! 알았습니다!"

영주는 공손히 대답했다.

준석 어머니 수진은 도무지 모르겠다는 표정을 지으며 영주와 함께 밖으로 나갔다.

어느덧 어둠이 밀려오는 저녁 무렵.

준석 일행이 탄 코란도 차가 도착했다.

"어서들 오너라!"

준석이 아버지 이선국이 거실로 들어오는 준석 일행에게 하는 말이다.

"어서 오세요!"

영주가 준석 일행을 맞이했다.

"안녕하세요?"

문직이 준석 아버지에게 인사를 했다.

혜미도 인사를 했다.

"왔구나! 어서들 오너라!"

준석 어머니가 부엌에서 나오며 반갑게 맞이했다.

"안녕하세요?"

문직과 혜미가 동시에 인사를 했다.

"처음 뵙겠습니다! 선녀라고 합니다!"

선녀가 공손히 인사를 했다.

"그래! 어서 오너라! 먼 길에 수고 많았다!"

준석 아버지 이선국이 선녀 인사를 받았다.

"오! 예쁘구나! 그래, 선녀야! 만나서 반갑다! 여기 머무는 동안 네 집처럼 편히 지내라!"

준석 어머니가 선녀의 외모에 감탄하며 반가워했다.

"감사합니다!"

선녀가 다시 공손히 인사를 했다.

"여기 이 아가씨는 문영주라고 앞으로 선녀 가정교사가 될 테니 인사해라!"

준석 어머니가 선녀에게 영주를 소개 시켰다.

"문영주예요! 잘 부탁해요!"

영주가 손을 내밀었다.

"선녀예요! 부탁은 제가 해야죠!"

선녀가 영주와 악수를 나누며 인사했다.

"자! 앉아라!"

준석 아버지가 선녀를 소파로 안내했다.

선녀는 준석 아버지 옆에 다소곳이 앉았다.

"보니 예의도 바르고 얼굴도 여자인 내가 봐도 너무 예쁘고. 그래! 부모님은 뭘 하시고?"

준석 어머니가 지금까지 참았던 궁금증을 풀고 싶어 했다.

"차차 말씀드릴게요! 우선 선녀를 방으로 안내해서 옷도 갈아입고 쉬게 해야겠어요! 저 아두와 휘야도 쉴 자리를 마련해 주고 그래 야……."

준석이 얼른 말했다.

"그러고 보니 그 다람쥐 참 귀엽구나!"

준석 어머니가 선녀 어깨에 있는 다람쥐를 이제야 본 모양이다.

"뭐하니! 어른께서 아두 너 귀엽다고 하시는데?"

선녀가 아두에게 말했다.

아두는 얼른 두 발을 들어 고개를 숙이듯 인사를 했다.

"오! 말로 알아듣는 모양이네!"

준석 어머니는 다시 감탄을 했다.

준석 아버지 역시 놀랍다는 표정을 지었다.

영주 역시 마찬가지였다.

"그래! 우선 선녀 방부터 보여주지. 너희 아버지께서 손수 일꾼들 데 려다 꾸미신 방이다!"

준석 어머니는 선녀에게 따라오라는 눈짓을 하며 거실 한편에 있는 방문으로 다가가 방문을 열었다.

"언니! 가방은 제가 들을게요!"

혜미가 얼른 거실 한쪽에 놓아두었던 선녀 가방을 들었다.

"햐! 언제 이렇게 방을 꾸미셨어요?"

선녀를 위해 준비한 방을 구경한 준석은 아버지를 바라보며 말했다.

"고맙습니다! 저를 위해 손수 이렇게 방까지 꾸며 주시고. 무엇으로 보답할지."

선녀가 다시 한번 준석 아버지에게 공손히 인사를 했다.

"허허. 네가 여기 머무는 동안 즐겁고 편하게 지내면 그게 보답이니라. 맘에 든다니 다행이다! 어서 들어가 짐 풀어라!"

준석 아버지는 선녀가 무척 예의 바르게 가정교육을 잘 받았다고 생각했다.

"누나! 어서 들어가 짐 풀어!"

준석이 선녀에게 말했다.

순간 선녀가 고개를 획 돌려 준석을 무섭게 노려봤다.

준석은 순간 자신이 반말 한 것을 아차 싶었지만 그래도 여긴 집이고 솔방울도 없으니 다행이라고 생각했다.

"바보야! 너! 방금 반말했니?"

선녀의 싸늘한 말이 끝나기도 전에.

딱.

"아이쿠."

준석의 비명이 이어졌다.

준석의 머리를 때리고 거실 바닥에 떨어진 것은 알밤이었다.

그러니 솔방울 보다 더욱 아플 수밖에.

"호호."

"하하."

혜미와 문직이 동시에 웃었다.

준석 어머니와 아버지는 영문을 몰라 준석과 선녀를 바라보고 있었다.

"그, 그래도!"

선녀의 목소리가 준석의 귀로 송곳처럼 다시 파고들고.

딱……

"어이쿠. 자, 잘못했어요! 누님! 용서하세요!"

준석이 얼른 무릎을 꿇고 두 손을 모아 싹싹 빌었다.

"앞으로 조심해!"

선녀가 그 말을 남기고 방으로 들어가 버렸다.

"호호…… 오빠! 임자 단단히 만났다! 메롱!"

혜미가 혀를 쏙 내밀며 준석을 약 올리고 선녀 방으로 들어가 방문을 닫았다.

"허허…… 무슨 일이냐?"

준석 아버지가 기막힌 표정으로 준석에게 물었다.

"저 누님은. 나이 어린 사람이 반말하면 막 때려요!"

문직이 대신 대답했다.

"방금 선녀가 준석을 때리지 않았는데!"

준석 어머니가 미소를 지으며 말했다.

"그럼? 누가?"

준석이 어머니를 쳐다 보며 의문스럽다는 표정을 지었다.

"다람쥐가 밤을 던지더구나!"

준석 어머니는 똑똑히 보았던 것이다.

"다람쥐가요?"

준석이 못 믿겠다는 투로 물었다.

"그래! 다람쥐가 입에서 밤을 꺼내 던지더라!"

준석 어머니는 생각만 해도 신기하고 재미있는지 말을 마치고 입가에 미소를 지었다.

"그랬구나! 어쩐지. 참나무 뒤에 숨어도 잘 때리더라니."

준석이 이제야 알았다는 투로 중얼거렸다.

"무슨 말이냐?"

준석 아버지가 물었다.

"아, 아니에요! 그런 일이 있었어요! 하하……."

준석이 얼른 얼버무리며 웃어 버렸다.

"얼른 저녁 준비를 해야겠다!"

준석 어머니가 부엌으로 들어가며 말했다.

"혼자선 힘들 거예요. 요리사 두 명만 더 부르죠!"

준석이 부엌으로 들어가는 어머니에게 말했다.

"파출부 아줌마 한 명 더 불렀다! 그래봐야 식구들 7명인데 뭘."

준석 어머니는 준석과 문직을 손으로 헤아리는 동작을 하며 말했다.

"아니에요! 아마 10여 명은 더 올 거예요!"

준석이 웃으며 말했다.

"10여 명이라니?"

준석 아버지가 의문스럽다는 투로 물었다.

"하하. 아마 곧 몰려올 겁니다! 저 선녀 누님에게 반한 총각들이 말입니다! 하하……."

준석이 웃었다.

"허허…… 그럼 요리사라도 불러야 하겠군!"

준석 아버지는 낮에 준석이 도움을 요청하던 내용을 생각하며 준석의 말뜻을 알아들었던 것이었다.

준석 아버지는 핸드폰을 꺼내 어딘가 전화를 걸기 시작했다.

"언니! 옷이 몇 벌 안 되네요! 내일은 우리 옷 사러 가요! 제가 언니 만난 기념으로 옷 사드릴게요! 네?"

혜미는 선녀 가방을 열고 옷을 옷장에 걸면서 말했다.

"정말?"

선녀가 미소를 지으며 물었다

"네! 사실 전 언니나 동생이 없거든요! 무남독녀예요! 그래서 늘 혼자였어요! 이제 언니가 생겼으니 전 행복해요!"

혜미가 진심을 말했다.

"그래, 고맙다! 나도 동생이 생겨 무척 좋다! 그것도 혜미처럼 귀엽고 예쁜 동생이라서. 호호……."

선녀가 활짝 웃었다.

"헉! 언니 웃음은 정말 매력적이에요! 그 웃음에 반하지 않는 남자는 없을 거예요!"

혜미가 느낀 사실대로 말했다.

"호호…… 그러니? 그럼 다행이고. 호호……."

선녀는 뭐가 즐거운지 마냥 웃고 있었다.

"언니! 저기 거실에 영주 언니 말인데요. 대학도 일류 대학에서 수석으로 졸업한 언니예요. 언니 가정교사라니 잘됐어요! 저도 간혹 와서 같이 배워야겠어요! 호호······."

혜미가 작은 목소리로 말했다.

"뭘 전공했는데?"

선녀가 관심을 갖고 물었다.

"아마 행정학이라죠!"

혜미가 대답했다.

"쳇! 행정학 하나도 재미없는데."

선녀가 입을 삐쭉 내밀며 말했다.

"언니! 행정학 배워 보셨어요?"

혜미가 의문을 갖고 물었다.

숲속에서 아버지란 분께 많은 것을 배웠다고 듣긴 했어도 대학교 과목까지야 하는 의문에서였다.

"웅! 법학, 행정, 가정학, 영양학, 경제, 영어, 일본어, 중국어, 아랍어. 뭐 그런 것들은 배웠어!"

선녀가 아무렇게나 말을 했지만 혜미는 믿을 수 없다는 표정을 지었다.

"운동도 야구, 축구, 태권도, 농구, 배구 그런 것들은 조금씩 배웠고 음······ 요리도 김치, 간장, 고추장, 된장 담그는 방법과 떡 만들고 빵 만들고 그런 것까지 조금씩은."

선녀가 말했다.

"와! 언니 정말?"

혜미는 놀라면서도 믿을 수 없었다.

"응! 별로 시간이 없어서. 하루 한 시간씩만 배웠거든."

선녀가 말했다.

"하루 한 시간? 그럼 매일 다른 시간엔 뭘 했어요?"

혜미가 이상하다는 투로 물었다.

산속에서 매일 뭘 하기에 시간이 없다는 것인지 궁금했다.

"하루에 10시간 정도는 엄마에게서 선공도란 무예를 익히거든."

선녀가 말했다.

"선공도? 그게 뭐예요?"

혜미는 처음 듣는 무예 이름이었다.

"응! 선녀가 배우는 무예야! 즉 선녀가 공중을 나는 무도란 뜻이야!"

선녀가 말했다.

"아! 낮에 휴게소에서 저를 안고 날아간 그것이 선공도구나! 맞죠?"

혜미가 알았다는 듯이 물었다.

"그래! 그것이야! 절벽도 오르고 몸도 가볍게 하고 나무도 뛰어넘고. 그런 것들."

선녀가 말했다.

"이야! 언니! 저도 가르쳐주면 안 돼요?"

혜미가 선녀 두 팔을 잡고 아양을 떨며 말했다.

"호호…… 그것은 기구도 있어야 하고 어려서부터 배워야한다. 3살 전에부터 배우지 않으면 아무 소용이 없단다. 언니는 두 살 때부터 배 웠단다.

선녀가 말했다.

"에이."

혜미가 실망한 표정을 지었다.

"인간으로서는 차마 할 수 없는 무예야. 너무 힘들고 어려워서 말이야."

선녀가 생각만 해도 몸서리쳐진다는 듯이 온몸을 부르르 떠는 시늉을 했다.

"왜? 누가 혜미를 괴롭히는 사람들이 있어? 아니면 많은 사람들에게 관심 끌려고?"

선녀가 혜미 머리칼을 한 손으로 쓸어 넘겨주며 물었다.

"아뇨! 그냥 언니가 부러워서요. 호호……."

혜미가 웃었다.

"호호 부럽긴. 호호……."

웃는 선녀의 눈가엔 반짝 이슬이 맺혔다.

선녀가 눈물을 보이는 것은 무슨 이유일까.

2033년 지구 이야기

"하나야! 삼태성은 뭐고? 스승님이란 분은 어떤 분이야?"

수민이가 하나와 지수를 데리고 둥지란 찻집에 앉아 차를 마시며 하나에게 물었다.

"삼태성이란 아마 지구보다 1,000년은 앞선 문명을 가지고 있는 별이야. 늘 태양이 3개가 비추고 있어서 밤이 없는 별이고. 우주에서도 외로이 홀로 떨어져 있어서 외로운 별이라고도 해. 스승님은 그곳 연구원이시고. 벌써 10여 년 전에 헤어진 후 만나지 못했어. 어느 별에서 무엇인가 연구를 하고 계신다는 이야기만 들었지."

하나가 작은 소리로 대답했다.

"와! 지구보다 1,000년은 앞선 문명은 어떨까? 지구의 미래를 보는 것 같을 거야. 자세히 말해줘."

지수가 두 눈을 반짝이며 하나를 바라보고 물었다.

"지구에서 거미줄처럼 얽힌 도로들과 자동차. 이런 것은 그곳엔 없어. 모두 하늘을 날아다니니깐. 대중교통도. 개인도. 동네나 가정집에 비행물체가 내릴 수 있는 공간만 있을 뿐. 특히 기름을 사용해서 매연을 뿜어 공기를 탁하게 만드는 그런 장치를 떠나 친환경적인 동력만 사용한다는 것이지."

하나가 빙긋 웃으며 말했다.

"오! 이를테면 전기나 바람. 이런 것들을 이용한 비행물체겠네?"

지수가 다시 물었다.

"그렇지. 태양에너지도 사용하고 바람도 사용해서 날아다니지. 특히 우주선은 태양에너지나 바람으로 동력을 사용하면 너무 느리고 금방 고갈되어 우주선에는 사용 못해. 우주는 그야말로 영하 250도 정도 춥거든. 일반 비행물체는 우주로 나갔다가는 그냥 얼음덩어리가 되지. 해서 반대로 그 차디찬 공기를 에너지로 사용하거든. 항상 충전하고 속도도 빠르고.

혹은 우주에 방사선을 에너지로 흡수해서 운행하는 우주선도 있지. 헌데 삼태성에선 그냥 우주에 흐르는 자력만으로 우주선 동력을 사용하는 새로운 기술을 접목해서 빛의 10배 속도로 순간이동이 가능한 우주선을 만들었다는 이야기도 들었어."

하나가 자세히 설명했다.

"우아! 대단하다. 1,000년 후 지구도 그럴 수 있을까?"

수민이가 놀라며 물었다

"당연하지 왜 지구에선 아직도 뜨거운 것만 에너지로 사용할 수 있다고 생각하는지 모르지만 반대로 차가운 것도 에너지가 된다는 것을 알아야지. 우리 해의연에서도 지구처럼 도로나 공항 이런 것은 없어. 항구는 있어도. 모두 집집마다 자가용 비행물체를 몇 대씩 소유하고 있거든. 전부 하늘을 날아다니는데 도로가 있다면 질서를 위해 하늘에 항로가 있다는 것뿐이야."

하나가 말했다.

"추락하면 위험하진 않아?"

지수가 다시 물었다.

"추락사고는 없어. 비행물체는 가볍고 공중에 뜨는 장치거든. 동력을 전부 끄거나 고장이 나도 공중에 떠 있어야 허가가 나지."

하나가 대답했다.

"그럼 공중에서 어떻게? 거기서 고치나?"

수민이가 하나에게 물었다.

"지구에도 견인자동차가 있잖아. 비행물체도 견인하지. 견인해서 정비소로 보내지는 거야."

하나가 말했다.

"그럼 건설 장비 같은 것은 어떻게 움직여? 도로가 없다며?"

수민이가 궁금한 것은 못 참는 성격 같다. 다시 물었다.

"건설 장비? 그런 것도 이미 200여 년 전에 사라진 것들이지. 인간들은 힘들고 궂은일들은 안 해. 전부 로봇들이 하지. 건축도 로봇들이 하고 장비 같은 것들만 옮기는 비행물체들이 있어서 로봇들이 기다리는 곳에 갖다 주면 알아서 공사를 하고 그래."

하나가 입가에 미소를 지으며 대답했다.

"그럼 인간들이 게을러지지 않을까?"

수민이가 다시 물었다.

"좋은 질문이야. 사실 그랬어. 인간들이 게을러져서 비만과 병마에 시달렸지. 그래서 인간들이 음식이나 세탁 같은 것들은 스스로 하기 시작했어. 특히 집안일들은 인간들이 하고 있지."

하나가 대답했다.

"정말 상상이 된다. 지구의 미래가."

지수가 고개를 끄덕이며 말했다.

"그럼 저 영미라는 분은 누굴까? 나 같은 것은 아무리 많아도 상대가 안 될 것 같은데. 미래 사람들은 저렇게 강한가?"

수민이가 하나를 보며 물었다.

"맞아! 우리 해의연에서 나를 구해준 9명의 은인들이 천국성에서 오셨다는 말을 들었는데. 그 천국성 감찰부라는 말을 들었어. 아마 같은 천국성 별에서 온 사람 같은데 엄청난 고수 같아. 나 역시 아무리 많아도 저분 옷깃도 건드릴 수 없을 것 같아. 천국성이란 별은 나도 모르지만 모두 저렇게 강하진 않을 거야."

하나가 힐끗 지수를 바라보며 말했다.

"천국성 감찰부령이시라고 했어요. 사부님께서."

지수가 말했다.

"그렇다면 나의 은인들 대장이라는 이야기잖아. 그분들도 우리가 신이라고 부르는 그들보다 강했거든. 사실 그분들 도움으로 신이라 부르는 그들 4명도 죽일 수 있었어."

하나가 말했다.

"지수님은 어떻게 그분 제자가 됐어요?"

수민이가 지수에게 물었다.

"지수님, 지수님 하지 말고 그냥 친구처럼 지내자. 그래야 다들 이상하게 생각 안 하지. 사실 나도 내일 같은 학교에 전학할 거야. 같은 반이었으면 좋겠다. 그럼 매일 붙어 다니잖아."

지수가 하나와 수민이가 맘에 들었나 보다. 그동안 많이 외로웠고. 그런 지수를 보며 하나도 수민이도 고개를 끄덕였다.

"사실 난 부모님을 잃어버렸어. 해서 지금까지 혼자 살아왔어. 강원도 동해란 곳에서 어물전 잡일을 하고 있었는데 그곳 깡패들에게 납치돼서 무인도로 끌려갔지."

"저런 나쁜 놈들. 내가 있었으면 다 죽였을 텐데."

하나가 자기도 모르게 큰 소리로 말했다. 찻집 손님들이 이목이 집중되자 다시 조용한 음성을 말했다.

"그래서 어떻게 됐는데?"

하나가 작은 소리로 물었다.

"그곳에 스승님이 미리 오셔서 기다리고 계시다가 날 구해 주시고 무술도 가르쳐 주셨어."

지수가 말했다.

"겨우 3일간 배웠다면서?"

수민이가 다시 물었다.

"그렇지. 3일간."

지수가 더 이상 말하기 곤란하다는 투로 대답했다.

"아무튼 영미란 그분은 진짜 신 같아."

하나가 말했다.

"나도 그렇게 느꼈어."

수민이가 고개를 끄덕이며 말했다.

"맞아요! 스승님이 진짜 신이에요."

지수가 말했다.

"헌데 우리 헨리는 어디서 만났지."

수민이가 고개를 갸웃하며 말했다.

"아! 제 옷을 사 주셔서 입고 있는 사이 스승님께서 밖에 나가서 하늘을 쳐다보며 계시는데 헨리 그분이 쫄쫄 따라다니시더라고요. 제가 나갔는데 저를 힐끗 보고는 계속 스승님만 따라다니며 한다는 말이 '이름이 뭐예요? 왜 그렇게 아름다우세요? 저랑 사귈래요?' 뭐 이러면서 따라다니셔서 제가 치워드린다고 했더니, 스승님이 놔두라고 하시면서 헨리에게 사귀는 건 시간 없어서 안 되고 그냥 친구 하자고 하시더라고요."

지수가 미소를 지으며 말했다.

"호호호……. 헨리가 얼마나 자기 맘에 들었으면 그렇게 구애를 했을까. 늘 이야기하던 헨리 이상형. 딱 영미 그분이더라고요. 호호……."

수민이가 말을 하며 계속 웃는다.

"헌데……!? 하나는 어떻게 지구로 올 수 있었어? 우주선은 어디 있고?"

가장 궁금했던 생각을 지수가 물었다.

"스승님께서 잠시 태워주셨어. 그 우주선은 나를 내려놓고 다시 돌아가고. 해의연을 망하게 한 신이라는 존재들이 바로 천국성에서 와서 우릴 도와준 그분들이 타고 온 우주선을 훔쳐 지구로 갔다는 말을 듣고 스승님을 졸랐어. 지구로 보내달라고. 그래서 지구로 올 수 있었지."

하나가 말했다.

"그럼 그 신들이란 자들이 타고 온 우주선은 지구 어딘가에 있겠네?"

지수가 다시 물었다.

"아니! 천국성에서 오신 분들이 타고 온 우주선은 미리 폭파 장치가 돼 있어서 곧 폭파됐을 것이야. 그분들이 그랬어. 폭파 장치를 했다고. 허나 아쉽게도 신들이라 하는 자들이 지구에 도착한 후가 될 것이라고. 시간을 그렇게 조정했다고."

하나가 말했다.

"아니 왜? 그들이 지구로 오게 했다는 것이야?"

지수가 다시 물었다

"그분들이 그랬어. 그들을 처단할 무신이 오신다고. 지구로. 해서 지구로 가도록 놔둔 것이라고. 아마 영미라는 그분이 지구로 올 것을 미리 알려주신 것이 아닐까?"

하나가 말했다.

"무신? 그게 무슨 뜻이지?"

수민이가 지수와 하나를 번갈아 보며 물었다.

"그때 무인도에서 스승님께서 그런 말씀을 하신 적 있어. 무신 영미님. 뭐, 그런 말씀을."

지수가 말했다.

"그럼 맞네. 영미님 저분이 지구로 올 것을 미리 알려주신 것 같아."

하나가 고개를 끄덕이며 말했다.

"그럼 지구에선 우주선이 왔다가 간 것을 알았을 것인데."

수민이가 혼잣말처럼 중얼거렸다.

"아니 그럴 리는 없어. 우주선이 다른 별에 착륙할 때는 모습을 감추거든. 우주선이 노출되지 않게. 특히 몇 백 년씩 앞선 문명의 우주선이라 지구에선 추적이 불가능 할 것이야. 추적 방지 기능도 갖추고 있거든. 인간의 시야에서 사라지게 하는 기능까지 갖추고 있어서 인간들이 근처에 우주선이 내려도 볼 수는 없을 것이야. 그게 수백 년 앞선 문명의 차이라고 할까."

하나가 말했다.

"맞아. 그럴 것이야."

수민이가 하나 말에 동의한다는 표정이다.

"잠시만."

갑자기 지수가 심각한 표정을 지으며 작은 소리로 말했다.

"왜?"

하나가 물었다.

"뭔가 강한 느낌이 드는 인간이 우릴 지켜보고 있는데. 위치를 못 찾겠어."

지수가 작은 소리로 말했다.

"그래? 난 못 느꼈는데."

수민이가 고개를 갸웃거렸다. 하나 역시 고개를 갸웃거린다.

"역시 우리보다 많이 강하다는 증거야. 지수가. 우린 못 느꼈는데."

하나가 지수에게 엄지손가락을 치켜세워 보이며 말했다.

"맞아! 지수가 우리보다 엄청 강한 거야."

수민이도 고개를 끄덕이며 말했다.

"갔다. 아니 자취를 감췄어. 나도 느끼지 못하게. 그 신들이란 존재인가?"

지수가 작은 소리로 말했다.

"아니. 그들은 아니야. 그들은 특이한 냄새가 나서 난 알아. 그들은 절대 아니야. 그들이 왔다면 이미 내가 알았지."

하나가 말을 마쳤을 때다.

"이모의 부탁으로 수민이 호위를 맡고 있어. 모른척해."

지수 귓속으로 그런 음성이 들려왔다. 다른 사람은 전혀 듣지 못하는 눈치다. 지수는 알겠다는 듯 고개만 끄떡였다.

바로 그때. 찻집으로 들어오는 사람이 있었다. 헨리였다.

"헨리가 이곳에…."

수민이가 작은 소리로 지수와 하나에게 말했다.

"누군가 기다리는 모양인데."

하나가 말했다. 헨리는 아직 수민이 일행을 못 본 모양이다.

"헉! 그들 냄새다."

하나가 작은 소리로 말을 하며 얼른 고개를 숙였다. 찻집으로 들어오는 여학생이 하나 있었다.

"저 앤. 유정이잖아."

수민이가 속삭이듯 말했다.

"유정이라고? 저건 못된 그 신이란 존재들 중에서도 가장 어리지만 악독한 것인데. 우리 학교 학생이네."

하나가 속삭이듯 말했다.

"뭐라고 유정이가 그들이라고?"

수민이가 놀라는 표정을 지었다.

"그런데 헨리와 만나는데. 무슨 일이지."

하나가 이상하다는 표정을 지었다.

"뭔가 이야기를 주고받는데. 들을 수가 없네."

수민이가 아쉽다는 표정을 지었다.

헌데 그때였다. 수민이 귓속으로 작은 소리가 들려왔다.

"헨리와 유정이는 오래전부터 아는 사이였고요. 헨리는 아직 유정이 정체를 몰라요. 유정이만 헨리에게 의도적으로 접근을 하는 것인데. 위험은 없어요. 그냥 놔둬도 되고요. 헨리가 18세가 되는 그때까진 저들이 헨리를 지켜줄 것이니 염려 말고요."

영미 목소리였다. 수민이는 영미를 찾으려 두리번거렸으나 영미 모습은 보이지 않았다.

수민이는 얼른 하나와 지수에게 영미 목소리 내용을 알려줬다.

"스승님은 찾을 수 없을 거야. 천 리 밖에서도 듣고 싶은 것 다 듣고 전하고 싶은 말 다 전하시니까."

지수가 속삭이듯 말했다.

하나와 수민이는 지수가 영미를 치켜세우느라 과장된 말을 하는 것이라 생각하며 미소를 짓고 말았다.

한강 변 길을 걷고 있는 영미.

마스크에 선글라스 깊이 눌러쓴 모자. 자신의 정체를 숨기고 산책 중인데 검은 그림자가 그 뒤를 따르고 있었다.

"흐흐흐⋯⋯ 영미. 너를 만났구나. 네가 지구까지 따라왔구나. 기회를 봐서 널 죽여주마. 흐흐흐⋯⋯."

검은 그림자는 징그럽게 웃더니 팍 하고 사라졌다.

"이상하다. 왜 갑자기 강철 오빠 냄새가 나지. 내가 너무 보고 싶어서 그런가. 그러고 보니 이제 강철 오빠를 찾아봐야지."

영미는 두리번거리며 혼자 중얼거리다가 다시 산책을 하기 시작했다.

선녀 이야기

딩동.

"벌써 몰려왔나!"

준석이 거실 소파에서 일어나 현관 옆 벽에 걸린 모니터를 향해 걸어갔다.

"형이 무슨 일이지."

준석이 의외라는 표정을 지었다.

초인종을 누른 사람은 준호였다.

준석의 형 준호는 s 프로야구팀 선수로 투수였다.

유도와 태권도의 유단자이기도 한 준호는 성격이 거친 편이라 준석의 친구들이 모두 대면하기를 싫어하는 사람이었다.

나이는 올해 23살.

고등학교에서 바로 프로 선수가 된 꽤 유명한 투수였다.

"준호라고?"

준석 아버지도 의외라는 반응이다.

지금쯤 소속팀에 있어야 할 선수가 무슨 일인가 싶었다.

"네! 형인데요."

준석이 현관문 앞에서 대답했다.

"아이고. 어디 가서 숨지?"

문직이 호들갑을 떨었다.

"하하……."

준석이 문직이 호들갑에 웃었다.

"아! 선녀 누님이 있지! 하하."

문직이 뭔가 재미난 일을 생각한 모양이다.

"선녀 누님! 혜미야! 누님 모시고 나와라!"

문직이 선녀와 혜미를 부르며 입가에 회심의 미소를 지었다.

"무슨 일이야?"

혜미가 선녀와 함께 방에서 나오며 문직에게 물었다.

"흐흐. 손님 오셨다!"

문직이 징그럽게 웃었다

현관문이 열리며 준호가 들어왔다.

"형! 오랜만이야!"

준석이 준호를 반겼다.

"어서 오너라! 네가 이 시간에 어쩐 일이냐?"

이선국이 준호를 반기며 물었다.

"안녕하세요?"

혜미가 선녀 등 뒤로 몸을 숨기며 인사를 했다.

"형! 안녕하세요?"

문직이도 얼른 인사를 했다.

우주에서 온 소녀

"네! 이틀간 휴가를 받았어요!"

준호가 아버지 물음에 대답하며 터벅터벅 걸어서 아버지 이선국의 맞은편 소파에 앉았다.

문직은 얼른 준석이 등 뒤로 몸을 숨겼다.

"허! 녀석들. 참!"

아버지 이선국이 혜미와 문직을 번갈아보며 기막히다는 표정을 지었다.

"혜미야! 네 앞에 있는 물건은 뭐냐?"

준호가 거실을 둘러보다 선녀를 발견하고 거드름을 피우며 물었다.

순간 문직과 준석은 속으로 쾌재를 불렀다.

"흐흐…… 제대로 걸렸다!"

문직은 다음 사태를 안 봐도 훤하다고 생각했다.

"혜미야! 저 인간이 지금 나보고 하는 소리냐?"

선녀가 몹시 화난 표정으로 혜미에게 물었다.

"네! 맞아요!"

혜미는 준호를 혼내주길 바라며 얼른 대답했다.

준석 아버지가 뭐라 말을 하려다 준석을 바라보며 입가에 미소를 지었다.

준석이 손가락 하나로 입을 막는 시늉을 하며 아버지에게 가만히 있으라는 신호를 보낸 것이다.

"이런! 어디서 멧돼지 같은 녀석이 입에 똥칠까지 하고!"

선녀의 싸늘한 말투가 준호 귓속으로 송곳처럼 파고들며.

준호 머리에 둔탁한 소리가 세 차례 연속 들려왔다.

딱. 딱. 딱.

"아이쿠! 이게 뭐야!"

준호가 몹시 아픈 표정을 지으며 벌떡 일어섰다

툭. 툭. 툭.

준호를 때린 알밤들이 거실 바닥으로 굴러 떨어졌다.

"저놈의 다람쥐 녀석이!"

준호는 역시 운동선수였다.

자신의 머리를 맞힌 알밤을 다람쥐가 던지는 것을 똑똑히 본 것이다.

"흐흐. 이놈아! 던지려면 이렇게 던지는 거야!"

준호가 징그럽게 웃으며 알밤을 하나 주워들었다.

"헉! 형!"

준석이 다급히 준호를 불렀다.

준호가 투수라는 것을 모를 리 없는 준석이었다.

만약 준호가 다람쥐에게 저 알밤을 던진다면 그 결과는 안 봐도 뻔했기 때문이다.

그러나,

준석이 말릴 틈도 없이 이미 알밤은 다람쥐 아두를 향해 쏜살같이 날아가고 있었다.

"아, 안 돼!"

준석이 다급한 비명을 질렀다.

그때였다.

"흥! 조잡한 인간 재주를 믿고."

선녀의 비웃음이 들리는가 싶더니.

딱.

"으악!"

준호의 비명이 터져 나왔다.

"헉! 저럴 수가!"

문직과 이선국의 입에서 동시에 놀라움의 탄성이 터져 나왔다.

선녀가 준호가 던진 알밤을 마치 파리 잡듯 간단히 잡아 준호에게 던진 것이다

"으으."

준호가 자신의 머리를 오른손으로 문지르며 괴로운 표정을 짓고 있었다.

"이, 이게!"

준호가 주먹을 치켜들고 선녀를 향해 걸어갔다.

"아직도 정신을 못 차리고. 더러운 입, 양치질이나 해라!"

선녀가 싸늘하게 말했다.

"너! 나와!"

준호가 선녀보고 따라오라고 손짓을 하며 현관문을 열고 정원으로 나갔다.

밖에 나가서 혼내 주겠다는 뜻이다.

"죄송합니다! 어르신 계신데 소란을 피워서. 제가 버릇 좀 고쳐주고 들어오겠습니다!"

선녀가 이선국에게 공손히 고개 숙이며 말했다.

"아, 아니다! 그렇게 하렴!"

이선국은 아직도 제정신이 아니었다.

준호 성격도 성격이지만 선녀 성격도 만만치 않았기 때문이다.

"허! 얌전하기도 하고. 예의 바르기도 하고. 무섭기까지."

이선국은 선녀의 행동을 종잡을 수 없다는 투로 중얼거렸다.

선녀는 현관문을 열고 정원으로 나왔다.

뒤따라 문직, 준석, 혜미, 이선국까지 모두 정원으로 나왔다.

"너! 얼른 잘못했다고 사과해라! 그럼 따귀 서너 대로 용서하마!"

준호가 선녀를 손가락으로 가리키며 말했다.

"멧돼지가 양치질을 매일 안 하는 모양이군! 이 선녀 누님이 오늘 양치질하는 버릇을 가르쳐주마!"

선녀가 준호를 향해 싸늘하게 말했다.

"허! 그래! 요 여자 보통이 아니네!"

준호는 말을 하면서 선녀의 뺨을 때리려고 손바닥을 펴서 휘둘렀다

그러나,

선녀는 요리조리 피하며 전혀 맞지 않고 있었다.

선녀의 입가에 미소가 흘렀다.

"멧돼지야! 우리 이렇게 하자! 어른도 계시는데 싸우면 되겠니? 네가 가장 자신 있는 것으로 내기를 하자! 3번 내기해서 네가 한 번이라도 이기면 너를 오빠라고 부르마! 대신 네가 3번 다 지면 나한테 누님이라 부르고 항상 존댓말을 쓰도록. 어떠냐?"

선녀가 준호의 손을 피하며 제안을 했다.

"뭐? 이게 어디서! 좋다!"

준호는 선녀를 때리려는 동작을 멈추며 쾌히 선녀의 제안을 수락했다.

선녀가 자신의 손을 이리저리 피하는 동작이 보통이 아니란 것을 알고. 더 이상 선녀를 때리려 해도 때릴 수도 없거니와 잘못 하다가는 자신이 창피를 당할 것 같은 생각이 든 준호로서는 선녀의 제안을 받아들이는 것이 이득이라고 여겼기 때문이다.

"어르신께서 증인이십니다!"

선녀가 이선국을 보고 말했다.

"오냐! 알았다! 약속을 지키지 않으면 내가 가만두지 않겠다."

이선국이 회심의 미소를 지으며 대답했다.

이선국은 이 신비한 선녀가 분명 이길 것이라는 확신이 있었다.

"재미있겠네요!"

언제 나왔는지 준석 어머니와 문영주가 현관문 앞에서 구경하고 있었다.

준석 어머니가 호기심으로 선녀와 준호를 바라보며 하는 말이었다.

"무엇으로 할까?"

선녀가 준호에게 물었다.

"음. 좋다 난 투수니깐."

준호가 말을 하면서 정원 한쪽으로 가서 뭔가 들고 왔다.

야구공이었다.

"이 공으로 저기 연못 가운데 있는 돌을 맞추기로 하자! 하나씩 던져서."

준호가 20여 미터 떨어진 연못 가운데 있는 밤톨 만 한 돌을 가리키며 말했다.

"호호. 그것도 시합이라고 하냐?"

선녀가 말을 하면서 준호 손에서 야구공 하나를 받아들었다.

"호호. 큰소리는!"

준호가 비웃음을 흘리며 야구공을 먼저 던졌다.

야구공은 일직선으로 빠르게 날아가 정확히 돌을 맞히고 있었다.

"이제 던져 보시지."

준호가 어깨를 으쓱하며 말했다.

"호호……."

선녀가 웃으며 야구공을 던졌다.

"엥!"

준석과 문직은 물론이고 이선국까지 의외라는 반응을 보였다.

선녀가 던진 공은 엉뚱한 방향으로 날아가고 있었기 때문이다.

"호호."

준호가 비웃음을 던졌다.

그런데 선녀가 던진 야구공은 큰 모란꽃 나무를 빙 돌더니 연못 가운데 있는 밤톨만 한 돌멩이 위에 나비가 날아가 앉듯 사뿐히 내려앉아 요동도 하지 않았다.

"헉!"

비웃음을 흘리던 준호는 놀라움에 비명을 질렀다.

다른 사람들도 놀라기는 마찬가지였다.

"졌다! 시인하마!"

준호는 순순히 자신의 패배를 시인했다.

"호호……. 멧돼지가 남자다운 면도 있네."

선녀가 한마디 했다.

"음. 두 번째는 격파다!"

준호가 가장 자신 있는 것이 격파였다.

기왓장 20여 장은 거뜬하게 격파할 수 있었기 때문에 자신이 있었다.

"준석아, 가서 대리석 열 장만 들고 와라! 문직이와 함께."

준호는 건축하다 남은 대리석들이 창고에 남아 있다는 것을 알고 있었다.

준석과 문직은 건물 한쪽에 있는 창고로 달려갔다.

"대리석 갖고 올 동안 2번째 시합을 하자!"

준호가 말했다.

"뭐지?"

선녀가 물었다.

"달리기다! 정원 저쪽에 있는 모란꽃 나무를 손으로 터치하고 반대쪽에 있는 철봉대에 먼저 매달리는 사람이 이긴 것으로 하자!"

준호가 손가락으로 정원 담장 밑에 있는 철봉대를 손으로 가리키며 말했다.

철봉대는 빨간 페인트로 칠해진 2미터 높이의 양쪽 지지대에 하얀 파이프가 건너질러 만들어져 있었다.

"쳇! 저건 언니만 불리한 시합이잖아!"

혜미가 눈살을 찌푸리며 못마땅한 투로 말했다.

"좋다! 멧돼지 네가 출발 신호를 해라! 하나. 둘. 셋으로"

선녀가 말했다.

"흐흐…… 좋아! 하나, 둘, 셋!"

준호는 자신이 셋을 세는 동시에 쏜살같이 모란꽃 나무를 향해 달리기 시작했다.

"흐흐. 이래 봬도 100미터를 11초대로 뛰는 난데…… 헉!"

준호가 이번 시합은 자신이 이겼다는 투로 중얼거리다 헛바람을 들이켰다.

휘익.

마치 바람이 지나가듯 선녀가 자신을 지나쳐 앞서 달리고 있었기 때문이다.

준호는 더욱 빨리 달리려고 노력했다.

하지만 선녀는 이미 자신을 멀리 따돌리고.

준호가 모란꽃 나무를 터치하고 돌아섰을 땐 이미 선녀가 철봉대에 매달려 빙빙 돌며 놀고 있는 모습이 보였다.

"헉! 저게 인간이냐!"

준호는 아무리 생각해도 믿을 수 없었다.

오늘 제대로 임자 만났다는 불길한 생각이 뇌리를 스쳐갔다.

"흐흐. 격파야 내가 이기겠지."

준호는 남은 격파에 희망을 걸었다.

구경하는 사람들은 이 놀라운 광경에 입을 벌리고 할 말을 잊었다.

잠시 후,

준석과 문직이 약 3센티미터 두께의 대리석을 다섯 장씩 들고 왔다

대리석 넓이는 10여 센티미터에 20여 센티미터 정도로 직사각형 모양이었다.

"흐흐. 이건 내가 전에 3장을 깼지. 오늘은 4장을 격파해주마!"

준호는 4장을 붉은 벽돌 위에 올려놓고 오른손으로 내리쳤다.

퍽.

대리석 4장을 격파에 성공한 준호는 어깨를 으쓱했다.

"호호. 무슨 격파를 여기다 올려놓고."

선녀가 붉은 벽돌을 옆으로 치우며 말했다.

"가운데 공간이 있으면 누군들 격파하지 못하겠어!"

선녀는 대리석 6장을 그냥 정원 땅바닥에 차곡차곡 쌓았다.

"저, 저게! 미쳤나!"

준호는 지금 선녀가 오기를 부리고 있다 생각했다.

"반드시 당수로 쳐야 하냐?"

선녀가 준호에게 물었다

"그럼? 무엇으로 격파하려고?"

준호가 물었다.

"난 그냥 손가락으로."

선녀가 4개의 손가락을 모아 펼쳐 보이며 말했다.

"그건 공수도에서 쓰는 방식인데! 그걸로?"

준호가 어이 없다는 투로 물었다.

"왜? 그럼 안 되는 것이냐?"

선녀가 물었다.

"아니. 맘대로 해라!"

준호는 선녀가 격파에 지겠다는 생각에 괜히 허세를 부리고 있다고
생각했다.

"호호……."

선녀가 활짝 웃더니 번개 같은 속도로 대리석을 내리치고 있었다.

쩍.

대리석이 소리를 내며 반듯하게 반으로 갈라지고 있었다.

6장 모두 같은 모양으로 마치 칼로 자른 듯 반듯하게 잘렸다.

"헉!"

준호는 놀라움에 대리석과 선녀를 번갈아 보며 할 말을 잊었다.

"우아! 언니가 이기셨다!"

혜미가 환호성을 질렀다.

짝짝……

구경하던 사람 모두 박수를 치며 놀라워했다.

"누, 누님!"

마침내 그 거칠고 오만하던 준호는 선녀 앞에 무릎을 꿇고 말았다.

준호는 도무지 믿어지지 않았지만, 오늘 자신이 진 사실은 인정했다.

준호는 남자였다.

자신의 패배를 시인하고 선녀에게 누님이라 부른 것이다.

"흠! 그래도 남자다운 면이 있군! 좋아 아무튼 시합은 시합이니. 앞으로 항상 누님이라 불러라! 대신 나이가 비슷한 것 같으니 존댓말은 안 해도 야단치지 않겠다!"

선녀의 부드러운 말투였다.

하지만 준호에게는 잊을 수 없는 수치였다.

"누님! 오늘 제가 무참히 졌습니다! 앞으로 약속대로 누님으로 모시겠습니다!"

준호는 그 말을 남기고 거실로 들어가 버렸다.

"이야호! 세상에. 준호 오빠가 쩔쩔매는 사람이 언니라니. 언니! 최고예요!"

혜미가 팔딱팔딱 뛰며 선녀 팔을 잡고 호들갑을 떨었다.

"허. 세상에 자신이 가장 잘난 사람인 줄 알고 오만하던 녀석이 오늘 임자를 만났구나. 헌데, 정말 저 아이 선녀는 신비하기 이를 데 없구나. 도대체 누구 자식이기에. 도대체 어떻게 키웠기에. 알 수 없는 일이다! 그저 신비하다고 할 수밖에."

준석 어머니와 아버지는 같은 생각을 하고 있었다.

준석과 문직은 십 년 묵은 체증이 사라지는 기분이었지만 준호의 보복이 두려워 내색을 못 하고 있었다.

2033년 지구 이야기

헨리의 짝사랑.

헨리는 요즘 학교에서도 집에서도 영미 생각에 멍하니 있는 시간이 많았다.

늘 잘난 척하고 똑똑한 척하던 헨리가 멍하니 하늘만 쳐다보고. 앉아 있는 모습을 보며 수민이는 입가에 미소를 지었다.

"헨리가 그분을 많이 짝사랑하는 구나. 그런데 어쩌나. 그분은 바쁘다는데. 호호…… 지수가 많이 도와줘야겠어."

하나가 지수를 보고 말했다.

"내가 알기로는 그 별에서도 두 분. 아니, 많은 분들이 영미님을 좋아해서 지구까지 따라 오신 것으로 알아."

지수의 말을 듣고 하나와 수민이는 무척 놀랐다.

"그럼 현재 지구에 그분을 연모하는 분들이 그 별에서 와 있다고? 하기야 우리 스승님께서도 그분과 친구를 떠나 좋아하실 것 같아."

하나가 입가에 미소를 띠며 말했다.

"그럼 어쩌나? 헨리만 불쌍해서."

하나가 아직도 먼 하늘만 바라보고 앉아 있는 헨리를 보며 안타까운 표정으로 말했다.

"그건 아무튼 헨리의 몫이 아니겠어? 그분은 지구에서 할 일이 무척 많은 것으로 알아. 자세한 이야기는 할 수 없어도. 당분간 우리도 만나긴 힘들 것이야. 그러니 수민이 네가 헨리 좀 다독여 주도록 해."

지수가 말했다.

"그러지 말고 우리 헨리 데리고 맛있는 것 먹으러 같이 나가자."

하나가 말했다. 수민이는 이야기를 듣는지 안 듣는지 다른 생각을 하던 모습으로 얼른 하나와 지수를 바라보았다. 하나와 지수는 의아한 표정을 지었다.

"알았어. 그럼 내가 헨리에게 말해볼게."

수민이는 천천히 걸어서 헨리 곁으로 갔다.

"헨리야!"

수민이가 조용히 헨리를 불렀다.

"응?"

헨리가 고개를 돌려 수민이를 바라본다. 무척 핼쑥해진 얼굴이다.

"누나들이랑 맛있는 것 먹으러 나가자."

수민이는 헨리 손을 잡고 일으키며 말했다.

"아니 난 생각 없어."

헨리는 고개를 좌우로 흔들며 수민이 손을 뿌리쳤다.

"언니 친구 지수가 그분과 연락이 돼. 그러니 같이 맛있는 것 먹으며 그분 이야기를 들어봐."

수민이가 헨리 등을 토닥이며 다시 말했다.

"정말?"

헨리가 밝은 표정으로 물었다.

"그럼, 그럼. 지수가 그분 제자인데."

수민이가 얼른 말했다.

"제자? 지수 누나가? 지금 그 영미는 어디 있는데?"

헨리가 벌떡 일어나서 지수 쪽을 바라보며 물었다.

"응. 그분은 무척 바쁘단다. 한동안 우리도 만날 수가 없을지도 몰라. 그러나 헨리 네가 맛있는 것도 같이 먹고 힘내서 공부도 하면 누나가 꼭 그분께 연락해서 오시도록 할게. 응? 같이 나가자."

지수가 말했다.

그러나 헨리 표정은 그리 밝지 않았다.

"자자, 같이 가자."

하나가 와서 헨리 팔을 잡고 끌자 헨리는 누나들을 따라 걷기 시작했다.

수민이 일행은 동대문 시장 골목으로 들어서서 헨리가 좋아할 만한 먹자골목으로 갔다.

"누나들."

헨리가 갑자기 심각한 표정을 지으며 작은 소리로 말했다.

"왜? 무슨 일이야?"

수민이가 헨리에게 물었다.

"언제부터인가 누가 우리들을 따라다니는 느낌인데. 찾을 수가 없어."

헨리가 뒤를 돌아다보며 말했다.

"아! 네가 좋아하는 그분이 누나를 보호한다고 호위를 붙이셨어."

지수가 말했다.

"뭐라고? 그분이 호위를?"

하나도 놀라는 표정으로 지수와 수민이를 바라보며 물었다.

"누나를 보호해주려고 호위를 붙였다고? 영미가? 누구를?"

헨리도 놀라는 표정으로 지수에게 물었다

"누군지는 나도 몰라. 한 번도 모습을 드러내지 않으셨어."

지수가 고개를 흔들며 말했다.

"그래? 엄청난 고수 같아. 나도 느끼긴 했는데. 도무지 종적을 찾을 수가 없더라. 그분이 아마도 그 신이라는 존재들로부터 우리를 보호해 주려고 하시는 분이니 엄청난 고수겠지."

수민이가 말했다.

"지수 누나도 정말 누군지 모르는 거야?"

헨리가 지수를 묘한 표정으로 보며 물었다.

"그래. 네가 생각하는 그분은 아니야. 엄청 바쁘시거든. 그분에게 이모라고 하더라. 그 소리만 들었어."

지수가 입가에 미소를 지으며 말했다.

"뭐? 영미에게 이모라 한다고?"

헨리가 다시 물었다.

"그래. 그렇게 부르는 소리를 들었어."

지수가 말했다.

"엥? 그럼 나와서 같이 맛있는 것 먹자고 하자. 나이도 어린 것 같은데. 뭐 좀 사주고."

헨리가 말을 하고 뒤를 돌아보면서 큰 소리로 말했다.

"영미 조카는 나와서 같이 맛있는 것 먹자. 얼른 나와."

그러나 아무런 대답이 없었다. 몇 번을 헨리가 소리쳤지만 대답도 없었다.

"사라졌어. 우리를 따라오던 존재. 느낌이 없어졌어."

수민이가 말했다. 헨리도 고개를 끄덕였다. 허나 지수는 입가에 미소를 짓고 있었다.

"웅? 누나는 왜?"

헨리가 지수 미소를 보고 물었다.

"사라진 것은 아니고. 자신의 존재를 더욱 감추셨어. 그리고 내게 말씀하셨어. 나이가 어리다고 해서 고맙대. 그러니 신경 쓰지 말고 즐겁게 놀라고 하셨어."

지수가 말했다.

"아무튼 고생하시는데 그냥 있을 수 없지. 영미 조카라면 더 예쁠 거야."

헨리가 근처에서 파는 핫도그를 하나 사서 들고 다시 말했다.

"배고픈데 이거라도 먹어."

헌데, 보라. 헨리 손에 들고 있던 핫도그가 감쪽같이 사라지는 것이 아닌가.

"허……! 전혀 흔적을 찾을 수 없었어."

하나가 놀라서 말했다

"맞아! 전혀 느끼지도 못했어. 우리들보다 백배는 강한 분이시다."

수민이가 놀랍다는 표정으로 말했다.

"호호…… 헨리에게 고맙대. 그리고 다음부턴 받아먹지 못하니 대접할 생각은 말하고 하셨어."

지수가 말했다.

헌데 헨리 얼굴이 갑자기 붉게 변하는 것 아닌가.

"헨리, 왜?"

하나가 의아한 표정으로 물었다.

"헤헤…… 내 볼에다 뽀뽀를 하고 갔다."

헨리가 싱글벙글 웃고 있었다. 손으로 볼을 만지며.

헨리의 말을 듣고 지수도, 하나도, 수민이도 놀라고 있었다. 헨리 볼에다 뽀뽀를 하고 가는 것도 몰랐다는 것은 그만큼 엄청난 고수라는 것이다.

"세상에……! 나는 내가 지구에서 가장 강하다고 자부했는데. 하나와 지수를 만나고. 그분도 만나고. 내 생각이 우물 안 개구리였다는 것을 느꼈는데. 그분에게 이모라고 하는 이분도 우리에겐 신 같은 존재였구나."

수민이가 그렇게 말을 하며 두 눈을 파랗게 빛을 냈다.

"맞아! 스승님께서 신 같은 존재지. 아마도 스승님을 연모해서 지구로 왔다는 그분들도 다 신 같은 존재들 아닐까?"

지수가 말을 하자 수민이도 하나도 손가락으로 입을 가리며 지수 말을 막으려 했지만 이미 다 하고 말았다. 지수 말을 듣고 헨리는 더욱 표정이 어두워졌다.

"그래도 우리 헨리는 꼭 성공할 거야."

수민이가 헨리 등을 손바닥으로 토닥이며 말했다. 헨리는 억지로 입가에 미소를 띠고 있었지만 얼굴은 아직도 홍당무다.

"……!?"

수민이가 그런 헨리를 의아한 표정으로 본다.

"헨리는 왜 아직도 얼굴이 그래?"

지수가 입가에 미소를 띠며 장난으로 물었다.

"헤…… 저분이 날 좋아하나 봐. 얼마나 예쁠까. 아마 엄청 예쁘겠지. 향기도 정말 좋아. 헤…….."

헨리는 혼잣말처럼 중얼거렸다.

"……!?"

수민이도, 하나도 헨리를 이상한 눈으로 바라보고 있었다.

선녀 이야기

딩동.

"계십니까?"

그때 대문 쪽에서 누군가 소리쳤다.

누군가 문을 열어 줬는지 대문이 열리며 10여 명은 되는 사람들이 들어왔다.

장수철을 필두로 7명의 청년과 1명의 중년 남자. 두 명의 아가씨였다.

"헉! 우리나라 엘리트들이 총출동을 했군!"

준석이 그들을 보고 무척 놀라는 표정으로 중얼거렸다.

"안녕하십니까? 시장님! 장수철 인사드립니다!"

장수철이 먼저 인사를 했다.

"오! 그래! 장 사장 어서 오게!"

이선국이 반갑게 맞았다.

"안녕하십니까? 조영민입니다!"

하얀 점퍼에 검은 바지를 입은 청년이 인사를 했다.

"오! 조 기자 어서 오게!"

이선국이 인사를 받았다.

조영국.

그는 k 방송국 기자였다.

"안녕하십니까? 민혜란입니다!"

안경을 낀 분홍색 정장 차림의 아가씨가 인사를 했다.

"그래요! 민 기자 어서 와요."

이선국이 인사를 받았다.

민혜란.

그녀는 s 방송국 기자였다.

"안녕하세요? 송미진이에요!"

키가 큰 미녀가 인사를 했다.

"송 기자도 왔구먼!"

이선국이 인사를 받았다.

송미진.

그녀는 t 방송국 기자였다.

"안녕하십니까? 시장님!"

중년 남자가 인사를 했다.

"허허. 박 회장이 무슨 일이시오?"

이선국이 의외라는 듯 물었다.

"아, 네! 이 아가씨한테 볼일이 있어서."

박 회장이란 중년 남자가 선녀를 가리키며 말했다.

"안녕하십니까? 김철수입니다!"

회색 양복을 말끔히 차려입은 청년이 인사를 했다.

"오! 그 유명한 김 회장이셨구려."

이선국은 놀라운 표정을 지으며 인사를 받았다.

김철수.

인터넷에서 y 게임천국을 운영하는 회사의 대표로서 모두 회장으로 부른다.

"안녕하십니까? bs입니다!"

모두 검은 양복을 입은 청년들로 3명이 동시에 인사를 했다.

"어서 와요! 요즘 신곡 앨범을 냈다면서요?"

이선국이 인사를 받으며 물었다.

"아, 네!"

청년 하나가 대답했다.

bs 그룹.

대학생으로 요즘 선풍적인 인기를 누리고 있는 가수였다.

"안녕하십니까? 이용환입니다!"

편한 캐주얼 복장을 한 청년이 마지막으로 인사를 했다.

"안녕하십니까? 누추한 곳까지 오시다니 영광입니다!"

이선국이 갑자기 공손한 자세로 이용환을 맞이했다.

"다른 분들은 다 휴게소에서 만난 분들인데. 이분만 처음 뵙네요!"

옆에서 선녀가 이용환을 보며 말했다.

"허! 그럼! 나머지 분들을 모두 기억 하신단 말씀입니까?"

장수철이 놀랍다는 투로 선녀에게 물었다

"휴게소에서 만난 분들을 기억 못하겠어요?"

선녀가 무슨 말이냐는 듯이 되물었다.

"허!"

장수철은 기막히다는 표정을 지었다.

그 많은 사람들을 한 번 보고 다 기억 한다는 이야기에 놀라는 것
은 당연했다.

"이분은……."

이선국이 이용환을 소개하려고 했다.

"제가 제 소개를 하죠!"

이용환이 얼른 말했다.

"v 전자 이용환입니다."

이용환 그는 v 전자 실질적인 사주였으며 대통령의 3번째 아들이기
도 했다.

준석이네 집을 방문한 사람들은 모두 이 나라를 이끌어가는 젊은
인재들이었다.

중년 남자만 빼고 모두 20대 초반의 남녀들이었다.

"모두 안녕하세요? 반가워요! 전 선녀라고 합니다!"

자신을 찾아온 손님들에게 선녀가 인사를 했다.

"서, 선녀……."

모두 처음 듣는 선녀의 이름을 되뇌고 있었다.

"자! 안으로 들어갑시다."

준석이 손님들을 거실로 안내하기 시작했다.

긴 식탁 위에 하얀 식탁보가 깔려 있고 그 위에 푸짐한 음식이 차려져 있었다.

"우선 식사들부터 하세요."

준석 어머니가 손님들을 식당으로 안내하며 말했다.

"준석인 2층에 올라가 형을 불러와라!"

이선국이 준석에게 말했다.

"네!"

준석은 대답을 하고 거실 한쪽에 있는 계단을 이용해서 2층으로 올라갔다.

2층은 넓은 실내에 각종 운동기구가 갖추어져 있고 한쪽에 방문 두 개가 있었다.

준석과 준호의 방이었다.

똑똑.

준석은 왼쪽에 있는 방문을 손으로 두드렸다.

"……!"

아무런 대답이 없었다.

준석은 그냥 방문을 열고 안으로 들어갔다.

방에는 야구 배트며 글러브 같은 야구용품들이 어지럽게 널려 있고, 창가에 작은 침대엔 준호가 드러누워 있었다.

"형! 밥 먹어!"

준석이 말했다.

"너! 그 여자 어디서 데려왔냐?"

준호가 침대에서 일어나 앉으며 준석에게 물었다.

"이야기 하자면 길어. 나중에."

준석은 이야기하기 곤란하다는 표정을 지었다.

그럴 수밖에 없는 것이 준석 역시 아직도 선녀에 대하여 아는 것이 별로 없었다.

"네가 데리고 왔다며? 말해봐. 어디서 데리고 왔는지?"

준호가 인상을 찌푸리며 다시 물었다.

"핸드폰을 저번에 등산 가서 잃어버렸거든."

"그래서?"

"내 핸드폰에 전화를 하면 어떤 여자가 받아서 그걸 찾으러 갔다가."

"어디로?"

"오대산 근처 산인데. 산 이름이 뭐라더라. 아무튼 모녀봉인가 하는 봉우리 아래서 산속에 살고 있는 선녀 누님을 만났어. 누님 아버지께서 핸드폰을 주는 대신 누님을 서울 구경 좀 시켜주라고 부탁하셔서 같이 올라온 것뿐. 누님에 대하여 아는 것이 하나도 없어."

"마! 그게 말이 되냐? 그까짓 핸드폰 때문에 저런 여자를 집으로 데리고 온다는 것이?"

준호가 버럭 화를 내며 말했다.

"그냥 너무도 신비하고. 또……."

준석이 잠시 머뭇거렸다.

"임마! 너! 혹시 저 여자한테 반한 것 아냐? 얼굴은 반반하게 생겼던데?"

준호가 물었다.

"응! 사실 누님한테 호감이 가는 것은 사실이야. 하지만 누님 아버지란 분의 부탁을 거절할 수 없었어. 누님이 지금까지 살아오면서 내가 처음 만난 사람이란 거야. 아버지 외에는 아직 사람을 한 번도 만나지 못했다고 했거든. 그러니 불쌍하잖아. 요즘 세상에 어떻게 그런 일이 있을 수 있나 싶기도 하고. 선녀 누님의 행동 하나하나가 너무 신비해서 사람 같아 보이지 않았거든. 마치 정말 선녀처럼 말이야."

"흥! 다 뻥이겠지. 네가 멍청해 보이니깐 널 이용한 거야. 알아."

"아냐! 그렇지는 않아! 선녀 누님이 살던 곳은 사람이 갈 수 없는 지형이었거든. 나는 운이 좋아서 갈 수 있었지만."

"무슨 지형? 사람이 갈 수 없는 곳이 어디 있어?"

준호는 못 믿겠다는 투다.

준석은 자세히 설명해주었다.

"더욱 이상한 것은 마치 아버지께서 선녀 누님이 올 줄 미리 알고 계신듯하다는 거야. 미리 방도 꾸며 놓으시고. 마치 잃어버렸던 딸을 찾은 듯 그런 행동을 보이시거든."

"뭐? 아버지께서?"

준호는 놀라는 표정을 지었다.

"누님 방을 보면 마치 공주님 방처럼 꾸며 놓으셨어."

"혹시 아버지께서 숨겨 두었던 딸인가!"

준호가 이상하다는 투로 중얼거렸다.

"형도 참. 그것은 아니라고 봐. 우선 내가 우연히 선녀 누님을 만나게 되었고, 오면서 아버지께 전화로 연락을 했기 때문에 아마 그래서 준비 하셨다고 봐. 조금 지나쳐 보이기는 하지만 말이야."

"저 여자 언제까지 여기 있을 거야?"

"몰라! 나도"

"아무튼 저 여자 물건은 물건이더라. 달리기 선수를 하면 세계 신기록은 무난하겠고. 무도 실력도 만만치 않고. 공을 던지는 것 역시 미국 프로야구 선수들도 아직 흉내도 내지 못할 신비한 변화구였어."

준호는 아직도 자신이 시합에 진 사실을 믿고 싶지 않았다.

"하하. 그 누님 하늘도 훨훨 날아다니는데 그 정도를 갖고 놀라긴."

준석이 웃었다.

"뭐? 하늘도?"

준호가 놀라 소리쳤다.

"아래 내려가 봐! 그래서 몰려온 사람들이 많으니깐. 아! 물론 누님에게 반해서 온 사람들도 있고. 하하…… 배고픈데 밥이나 먹자."

준석은 웃으며 먼저 방문을 열고 준호 방을 나왔다.

준호도 고개를 갸우뚱하며 준석을 따라 나왔다.

거실.

저녁 식사를 마친 사람들이 소파에 앉아 있었다.

선녀를 중심으로 혜미와 문영주가 양쪽으로 앉고 준석 어머니와 아버지, 문직, 준석, 준호가 같은 소파에 앉았다.

맞은편 소파엔 박 회장이라 부르는 중년 남자, 장 사장, 김철수, bs그룹, 이용환 순으로 앉았다.

그 소파 뒤엔 카메라를 든 기자, 조영국, 민혜란, 송미진 등이 서 있었다.

"한 가지 궁금한 것이 있는데 어떻게 여러분들이 모두 같은 휴게소에서?"

준석이 먼저 물었다.

"아! 모임이 있었거든요. 청사모라고. 청년 사업가 모임이 강원도 원주에서 있었는데, 지방분들은 다 흩어지고 서울 사람들만 같이 오다가 휴게소 들렸던 것입니다."

민혜란이 대답했다.

"청년 사업가 모임에 박 회장님이 왜?"

이번엔 이선국이 의외라는 듯 물었다.

"전 혼자 볼일을 보고 오다가 우연히 만났습니다."

중년 남자가 대답했다.

"아! 그렇게 됐군요."

이선국이 고개를 끄떡였다.

"그럼 인터뷰를 시작하겠습니다. 먼저 기자 분들께서 궁금한 것을 한가지씩만 물어보고 나머지 분들이 한 번씩 질문을 하는 것으로 끝내기로 합시다."

조영국이 말했다.

모두 동의한다는 표정이었다.

"k 방송국 조영국입니다. 선녀 아가씨께 묻겠습니다. 낮에 휴게소에서 옆의 혜미 아가씨를 한 손으로 안고 많은 사람들 머리 위로 마치 하늘을 날 듯 뛰어넘어 화장실로 가셨는데. 그런 재주를 어떻게 배우셨나요?"

모든 사람들이 가장 궁금해 하는 질문이기도 했다.

"전 2살 때부터 사암동이란 숲속에서 살았습니다. 그곳은 사람들이 접근하기 힘든 사암천이 양쪽으로 흐르는, 그 가운데 있는 숲이라고나 할까요. 전 그곳에서 할아버지와 아버지 이렇게 셋이 살았는데, 할아버지께서 선공무란 무예를 가르쳐 주셨어요. 그곳에 살기 위해선 반드시 필요한 무예였죠. 절벽을 오르고, 사암천을 건너고……. 그 무예를 익힌 덕택에 낮에 휴게소에서 그렇게……."

선녀가 답변을 마쳤다.

"사암천은 뭐고 사암동은 무슨 뜻입니까?"

조영국이 다시 물었다.

"호호. 한 분이 한 번씩만 묻기로 하시고선."

선녀가 웃으며 대답을 회피했다.

"s 방송국 민혜란입니다. 저도 선녀님께 묻겠습니다. 조금 전 식당에서 어머니도 계신다고 들은 것 같은데. 어머니 이야기는 없으시고 할아버지, 아버지 이렇게 3분이 살았다고 하셨는데 어머니 이야기는 뭐죠?"

"제가 2살 때부터 저를 키워준 분이 어머니입니다. 어머니는 사람이 아닙니다. 하얀 날다람쥐로, 사람들이 흔히 말하는 돌연변이. 전 그분을 어머니라 부른답니다. 어머니는 할아버지와 아버지가 안 계실 때 저를 보살펴주고 배고픔은 물론 선공무를 익힐 때도 같이 도와주셨습니다. 할아버지께서 사람들 언어를 가르쳤는데. 아주 잘합니다. 지능이 뛰어나 한 가지를 가르치면 두 가지를 알 정도입니다. 그래서 제겐 가장 친한 친구이자 어머니죠. 어머니는 어디 사는지 저도 모릅니다.

제가 보고 싶을 때 저를 찾아오곤 한답니다."

선녀의 대답을 듣는 사람들은 모두 놀랍다는 표정들이었다.

"t 방송국 송미진입니다. 숲속에서 인간 세상과는 다른 생활을 하시며 살아오셨고. 외부 사람을 만난 것은 저기 준석씨가 처음이라 하셨는데. 믿기지 않는 것은 선녀님께서 현재 문명에 익숙하다는 것입니다. 그것은 어떻게 설명하시겠습니까?"

"제게 아버지가 있다고 말씀 드렸는데, 아버지 역시 제 친아버지는 아닙니다. 저와 나이 차이가 13살 차이밖에 안 나고요. 그 아버진 언제나 인간 세상에 다니시며. 요즘 유행하는 옷이나 문화, 문명 등을 항상 제게 그림이나 사진 등으로 보여주시고 설명을 해주십니다. 그래서 많은 도움이 됐습니다."

"혹시 '탐정 w'라는 신비의 소년이 한국에 온다는 이야기를 들어 보셨나요?"

송미진이 입가에 미소를 띠며 물었다.

"탐정 w? 그게 뭐죠?"

선녀가 물었다.

"일부에선 선녀 아가씨를 혹시 탐정 w와 관련 있지 않나 그렇게들 생각하기도 합니다. 탐정 w 소년이 공중을 날아다닌다는 소문이 있거든요. 표정을 보니 질문을 잘못했군요."

송미진이 미소를 띠며 말했다. 송미진 말에 기자들은 대부분 동의한다는 뜻의 고개를 끄떡거렸다.

"장수철입니다. 전 선녀 아가씨에게 많은 호감을 갖고 이곳에 온 것은 사실입니다. 뭔가 신비하면서도 아름다운 모습에 반했다고나 할까요. 앞으로 저와 친구가 되어 주실 수 있는지?"

"전 서울 구경을 왔답니다. 아직 서울 지리를 잘 몰라 걱정을 많이 했는데 구경 시켜주신다면 기꺼이 친구가 될 수 있지 않겠어요."

"감사합니다!"

"w 제약회사의 박춘보입니다. 전 선녀 아가씨에게 한 가지 제안을 하려고 왔습니다. 요즘 저희 회사에서 신약을 개발했는데 일종의 다이어트제입니다. 선녀님이 그 광고에 출연해주십시오."

"어떤 내용이죠?"

선녀가 호기심을 갖고 물었다.

"음! 여기 오면서 생각을 해봤는데. 선녀님이 낮에 휴게소에서처럼 공중을 날며 이 약을 드시면 날아갈 수 있어요. 뭐 그런 내용이 좋지 않을까 생각했습니다."

"정말 그 약을 먹으면 그렇게 되나요?"

선녀가 두 눈에 반짝, 이채를 띠며 물었다.

"허허. 그렇지는 않습니다."

"그럼 사양하겠어요. 남을 속이는 일은 할 수 없어요."

선녀가 단호히 거절 의사를 밝혔다.

"출연료는 2년 계약에 3억을 드리겠습니다."

박 회장은 의외라는 표정을 지으며 다시 제안을 했다.

돈이면 하지 않겠냐는 생각에서였다.

"전 돈을 원하지 않아요. 돈을 아무리 준다 해도 남을 속이는 일은 절대 할 수 없습니다. 미안해요."

선녀가 확실하게 거절 의사를 밝히며 다음 사람을 바라보았다.

어서 다음 질문을 하라는 표정이었다.

"김철수입니다! 선녀님께 한 가지 질문을 드리겠습니다. 할아버지,

아버지 성함을 말씀해주실 수 있는지? 또한 선녀님을 낳아주신 친어머니를 알고 계시는지? 묻고 싶습니다."

"네! 할아버지 성함은 이동 자 국 자 되시고 아버지는 이준 자 혁 자 되십니다. 하지만 친할아버지, 친아버지는 아니시며 제 친어머니는 누군지 모릅니다. 다만 할아버지께 들은 이야기로는 누군가 어느 강에서 갓 태어난 저를 강으로 던져서 마침 낚시를 즐기시던 할아버님이 저를 구해주신 것으로만 알고 있습니다."

선녀가 답변을 마쳤다.

"잠깐! 잠깐만요! 이동 자 국 자. 이선 자 국 자. 그렇다면 혹시! 시장님과 어떤 사이십니까? 돌림자가 같은 것 같은데?"

조영국이 급히 물었다.

조영국의 물음에 모두 같은 생각으로 시장 이선국을 바라보았다.

"허허. 5대 독자인 제가 무슨 형제가 있겠습니까. 우연의 일치겠지요."

이선국이 대답했다.

"아! 그렇군요! 시장님은 5대 독자였죠? 그렇다면 정말 우연의 일치 같군요."

조영국이 자신이 착각을 한 것으로 생각하며 머리를 긁적였다.

모두 고개를 끄덕였다.

이선국이 5대 독자란 사실은 이미 온 국민이 알고 있는 사실이었다.

5대 독자라면 4촌도 6촌도 8촌까지도 없다고 봐야 하기 때문에 우연의 일치가 맞았기 때문이다.

"이용환입니다! 사실 전 철수가 전화로 이야기해서 선녀님을 만나기 위해 달려 온 사람이므로 묻고 싶은 것도 많고 알고 싶은 것도 많습니다. 만나 뵈니 정말 미인이시고. 살아 온 이야기 또한 신비함 그 자체구요. 오늘 모두 선녀님에 관하여 알고 싶지만 피곤하실 테고. 그 많은 세월을 다 이야기하시려면 밤을 새워야 할 것 같고 하니 제 질문은 다음으로 미루고 이만 물러가겠습니다. 하하…… 내일부터 이 나라에 새로운 스타가 탄생할 것 같네요."

"bs 그룹 역시 오늘은 이만 물러가겠습니다. 내일부터 인터넷과 방송에 선녀님에 관한 보도가 나가면 여기저기서 인터뷰 요청이 밀려올 텐데. 무척 바쁘실 겁니다. 일찍 쉬십시오!"

모두 소파에서 일어섰다.

"안녕히 가세요."

선녀가 공손히 인사를 했다.

"안녕히 계십시오!"

모두 선녀와 이선국 등에게 인사를 하고 물러갔다.

준석과 준호가 일행을 대문 밖까지 배웅했다.

"이거 라이벌이 너무 많아서. 하하……."

장수철이 호탕하게 웃었다.

"어디 우리들뿐이겠습니까? 내일부터 수없이 밀려올 텐데. 하하……."

조영국이 한마디 거들며 웃었다.

"우리들이라 함은? 조 기자도 반했다는 이야긴데?"

이용환이 한마디 했다.

"남자들이란 다들. 침이나 닦아욧."

송미진이 톡 쏴 부쳤다.

"하하."

모두 웃으며 각자 차량에 올라타고 있었다.

"

400년 간 의학만 연구한 가문의 모든 것을 보유한 몸이야.
내가 못 고치는 병은 없어.

"

제4장

별에서 온 소녀

주인공 이야기

어린이 대공원 후문.

길 건너 골목엔 조그만 포장마차가 하나 있었다.

포장마차에서 만들어 파는 것은 고작 두 가지였다.

핫도그와 도넛.

포장마차를 하는 사람은 평범한 아주머니였다.

온종일 팔아야 겨우 핫도그와 도넛 합해서 몇 십 개 정도.

장사가 잘 안 되는 장소이기 때문이기도 했지만 먹어본 사람은 다 안다.

맛이 없다는 것을.

그런데,

아주머니가 오늘을 핫도그며 도넛이 동이 나서 바쁘게 만들어 튀기고 있었다.

1시간 전쯤.

포장마차에 나타난 남녀.

남자는 훤칠한 키에 서글서글한 눈. 오뚝한 코. 전형적인 미남인데.

어딘가 이국적인 냄새가 물씬 풍겼다.

여자는

말이 필요 없다.

어디 하늘에서 내려온 선녀인가.

백옥 같은 투명한 피부에 크고 깊은 눈동자. 아담하고 오뚝한 코. 날씬한 몸매. 미녀도 그런 미녀가 없었다.

단지 흠이라면 전혀 하늘을 보지 못한 듯 피부가 너무 하얗다는 것이다.

모두 맛이 없다고 먹지도 않는 핫도그며 도넛을 둘이 몽땅 먹어 치우고 있는 것이었다.

마치 세상에 태어나서 처음 먹어보는 것처럼.

그리고 그들 대화가 더욱 신기했다.

"이름이 뭐야?"

남자가 여자에게 물었다.

"몰라!"

여자는 이름을 모른단다.

"어디 살아? 부모님은 누구고?"

남자가 물었다.

"몰라!"

여자는 모른단다.

"그럼! 지금 어디서 오는 건데?"

남자는 다시 물었다.

"모른다니까!"

여자는 짜증스럽게 대답했다.

"그런 너 이름은 뭐야?"

이번엔 여자가 남자에게 물었다.

둘은 대화를 하면서도 핫도그와 도넛이 바쁘게 입으로 들어가고 있었다.

"나? 이름은 이강철."

남자가 대답했다.

"어디서 왔어?"

여자가 물었다.

"별나라에서."

남자가 대답했다.

"별…… 미친."

포장마차 주인아주머니는 목구멍까지 나오는 말을 얼른 삼켜버렸다.

"부모님은? 뭐 하시는 분들인데?"

여자가 남자의 말을 믿는다는 모습으로 다시 물었다

'별 미친놈에 바보 같은 년이네. 별나라에서 왔다고?'

주인아주머니는 그렇게 말하고 싶었지만 모처럼 물건을 팔아주는 손님한테 욕을 할 수는 없었다. 목구멍까지 나오는 말을 얼른 삼켜버렸다.

"아버진 황제. 어머닌 황후."

남자가 얼른 대답했다.

'미친놈! 그럼 넌 황태자냐?'

아주머니는 그렇게 묻고 싶었지만 그냥 쓴웃음만 짓고 말은 하지 못했다.

"강철아!"

여자가 남자를 불렀다.

"응?"

남자가 왜 부르냐는 듯이 반문했다.

"내 이름 좀 지어줘!"

여자가 말했다.

"흠! 넌 지금부터 내 동생 하자! 이름도 강희. 이강희로 하고 어때?"

남자가 물었다.

"좋아! 그럼 지금부터 난 강희다. 넌, 아니 오빠! 히힛."

여자는 얼른 남자의 손을 잡고 눈웃음을 치며 매달리다시피 애교를 부렸다.

"제대로 미친놈에 미친년이네. 돈이나 있나!"

포장마차 주인은 덜컥 걱정이 됐다.

미친 남녀에게 핫도그와 도넛을 열심히 만들어주고 돈도 못 받는 것이 아닌가 싶었다.

"아주머니! 혹시 방 하나 세놓을 것 없으십니까?"

남자가 포장마차 주인에게 물었다.

"얼씨구! 동거라도 하려나보 네."

주인아주머니는 기막히다는 듯 두 남녀를 번갈아 바라보았다.

"방이 없으십니까?"

남자가 다시 물었다.

"아니! 방이 옥상에 하나 있긴 한데…… 둘이 살려고?"

우주에서 온 소녀

아주머니는 얼른 말하고 두 남녀를 바라보았다.

"당연하죠! 오누이가 같이 살아야지 그럼 따로따로 삽니까?"

남자는 당연한 것을 왜 묻느냐는 투다.

"흠! 보증금은 됐고 한 달에 20만 원씩만 내. 그럼 방 줄게."

아주머니는 옥탑 물탱크실을 개조한 방이 생각나서 얼른 대답했다.

비워둔 방을 세놓고 20만 원씩이라도 살림에 보태고 싶었다.

아차산 골짜기로 흐르는 냇물은 아래로 내려갈수록 더러워진다.

그 냇물이 가장 깨끗한 곳에 이층집이 하나 있다.

시멘트블록을 옆으로 누워 쌓기를 해서 구멍이 숭숭 뚫린 담벼락에 금방이라도 떨어져나갈 것 같은 파란 철 대문이 여기저기 녹슬고 낡아 너덜거렸다.

그 철 대문을 열고 들어서면 두 평 남짓한 시멘트 마당이 있고 20여 평 되는 시멘트 벽돌집에 역시 너덜너덜한 파란 철 계단이 2층으로 향해있고 철 계단을 오르면 적 벽돌로 지은 15평 정도의 건물이 포장 마차 주인의 집이었다.

1층은 2세대 세주고 2층은 주인아주머니가 남편 없이 1남 1녀를 기르며 살고 있었다.

아주머니의 아들은 이제 초등학교 6학년. 딸은 초등학교 3학년이었다.

아주머니의 남편은 3년 전 병으로 사망했다고 한다.

그 아주머니가 사는 적 벽돌 건물 한쪽에서 가파른 녹슨 철 계단을 타고 오르면 달랑 방 하나에 주방 겸 보일러실이 있는 옥탑방이 있다.

강철과 강희.

그 이상한 두 남녀는 그렇게 옥탑방에서 살게 되었다.

"강희야!"

강철이 방에다 검은 가죽으로 된 라면박스 크기의 사각형 가방을 내려놓으며 강희를 불렀다.

"응? 오빠. 왜?"

강희가 대답하며 되물었다.

강희는 아무런 보따리도 없었다.

"넌 옷도 없으니 나하고 시장에 가자. 옷도 사고 그릇도 사고 살 게 많다."

강철이 말했다.

"응! 얼른 가자!"

강희가 얼른 강철의 손에 팔짱을 끼며 좋다는 표정으로 재촉했다.

"야! 너 왜! 거기 숨어서 뭘 보는 거야?"

중곡동에선 알아주는 건달 무칠이 등을 톡톡 두드리며 어린 소녀 목소리가 등 뒤에서 들리자 무칠은 짜증스럽게 뒤를 돌아다보았다.

"뭐야? 저리 가!"

무칠은 자신의 등 뒤에서 생글생글 웃고 있는 열대여섯 살 정도 소녀를 보고 짜증스럽게 말했다.

"뭘 보냐고 묻잖아! 대답을 안 해 짜슥!"

소녀의 장난기 서린 말이 끝나면서 무칠은 자신의 뒤통수를 소녀가 톡톡 치고 있다는 것을 알고 화가 머리끝까지 났다.

중곡동에선 내로라하는 건달들도 자신에게 그렇게 건방진 말투나 행동을 하지 못하는데 어린 소녀가 겁도 없이 욕에다가 톡톡 치기까지.

"이년이!"

화가 잔뜩 난 무칠이 손바닥이 인정사정없이 소녀의 뺨을 후려갈겼다.

무칠은 당연히 소녀가 비명을 지르며 나가자빠질 것이라고 생각했다.

그런데

"짜식! 귀엽게 노네!"

무칠의 손바닥을 살짝 피한 소녀가 비웃음을 흘리고 있었다.

순간 무칠은 자신이 실수를 했다고 생각했다.

소녀라고 사정을 봐주다가 헛손질을 한 것이라고 생각했다.

"이년! 뒈지려고!"

무칠은 다시 손바닥을 번개같이 휘둘렀다.

"악!"

비명이 터졌다.

그런데

분명 소녀의 비명은 아니었다.

무칠의 비명이었다.

무칠의 손목을 소녀가 마치 독수리 발톱 모양으로 잡고 있는데 얼마나 아픈지 무칠의 입에서 자기도 모르게 비명이 흘러나왔다.

"아프지?"

소녀가 생글생글 웃으며 물었다.

"윽! 이년이!"

무칠은 왼손 주먹으로 소녀의 턱을 향해 가차 없이 힘껏 휘둘렀다.

"악!"

다시 비명이 터졌다.

역시 무칠의 입에서 터진 비명이었다.

왼 손목도 소녀의 왼손에 잡혀버렸는데 도무지 뺄 수가 없었다.

고통은 이루 말할 수 없을 정도로 밀려왔다.

무칠은 자기도 모르게 비명을 지르며 오른발로 여자고 소녀고 뭐고 모르겠다는 듯 어린 소녀의 아랫배를 향해 힘껏 걷어찼다.

"크악!"

다시 무칠의 입에서 비명이 터졌다.

무칠의 발은 소녀의 오른발바닥에 막혔는데.

마치 쇳덩어리를 찬 듯 엄청난 고통이 발가락에 전해졌다.

"바보!"

소녀는 재미있다는 듯 생글생글 웃었다.

"누, 누구, 누구세요?"

이제야 소녀가 자신의 상대가 아니라는 걸 느낀 무칠이 더듬거리며 물었다.

"나? 영미라고 해. 히히……."

소녀는 다시 생글생글 웃었다.

"저한테 왜 그러세요?"

무칠이 다시 공손히 물었다.

우주에서 온 소녀

몇십 년 건달로 살아온 무칠이기에 눈치는 100단이다

자신이 굽혀야 할 때를 잘 알기 때문이다.

"왜? 거기 숨어서 저길 보는 거야? 그걸 묻잖아!"

소녀가 손가락으로 허름한 2층 옥탑방을 가리키며 궁금하다는 투로 물었다.

"어리벙벙하고 이상한 남녀가 들어갔는데 돈이 많고 그래서요"

무칠이 호기심을 갖고 뒤를 따라와 지켜보고 있는 사람은 다름 아닌 강철과 강희.

물론 강철이 포장마차 주인에게 방세와 핫도그 도넛 값을 지불하기 위해 가방을 열고 돈을 꺼내는 장면을 우연히 목격한 것이 무칠이 불운의 시작이었다.

아마 무칠은 행운이라고 생각했을 텐데.

어리벙벙하고 세상 물정 모르는 남녀가 돈은 많고.

뺏을 수도 있고 훔칠 수도 있고. 아무튼 무칠은 그 돈이 마치 자신의 주머니에 들어온 것이라 생각했다.

그런데

이게 뭔가

어린 소녀라니.

영미.

그 소녀를 만났다는 것이 문제였다.

"그래서 훔치려고? 아니면 흑심을 품고?"

영미는 무칠의 손목을 둘 다 놔주며 장난기 있게 물었다.

"흑심이라니요?"

무칠은 이해할 수 없다는 투로 물었다.

"여자가 미인이던데. 어떻게 해보려는 마음이 있잖아!"

영미가 생글생글 웃으며 말했다.

"아, 아닙니다! 절대 아닙니다."

무칠은 머리를 흔들며 같은 말을 계속 되풀이했다

"그으래? 고자구나?"

영미가 짓궂은 모습으로 다시 물었다.

"어, 어떻게?"

무칠은 화들짝 놀라며 영미 눈치를 살폈다.

사실 무칠은 사고로 성 기능이 마비되어 고자나 다름없었다.

"다 아는 수가 있지. 히힛. 멍청이. 고자. 이름이 뭐냐?"

영미가 다시 물었다.

"허무칠입니다."

무칠은 얼른 대답했다.

"몇 살?"

영미가 다시 물었다.

"37살입니다."

무칠은 마치 군인이 상관한테 대답하듯 군기가 바싹 들은 모습이다.

"나보다 어리니까 이제부터 누나라 불러라! 알겠지?"

영미가 생글생글 웃으며 말했다.

"미친년 고작해야 열대여섯 살 처먹은 년이 뭐? 누나라고?"

무칠은 그런 말이 목구멍까지 나오는 걸 꾹 참고 고개를 끄떡거렸다.

"너! 어디 사냐?"

영미가 다시 무칠에게 물었다

"바로 옆집에 삽니다."

무칠은 사실 강철과 강희가 세 들어 사는 집에서 50여 미터 떨어진 냇물 건너편에 살았다.

"그래! 잘됐다. 너네 집에 방 하나만 비워라!"

영미는 명령조로 말하며 무칠을 무섭게 쏘아봤다.

생글생글 장난기 어린 그 모습은 온데간데없었다.

무칠의 등에선 식은땀이 주르륵 흘렀다.

"알겠습니다!"

무칠은 자신도 모르게 대답했다

왜 그런 대답을 했는지 무칠 자신도 몰랐다.

"얼른 가자!"

영미는 힐끗 건너편 옥탑방을 바라보며 무칠의 손목을 잡고 다급히 그 자리를 떠났다.

옥탑방에서 강철과 강희가 문을 열고 나오는 모습이 보였기 때문이다.

적 벽돌로 반듯하게 쌓아 올린 2미터는 됨직한 높은 담장 위로 장미 넝쿨이 한 줄 길게 뻗어있었다.

금방이라도 핏물이 뚝뚝 떨어질 것 같은 새빨간 장미꽃이 탐스럽게 담장 위를 장식하고 있었다.

담장 끝에 전봇대 하나가 보기 흉하게 서 있고 그 옆에 하얀색 알루미늄 대문이 살짝 열려있었다.

우주에서 온 소녀의 21세기 암행어사 ❷

대문으로 들어서면 우선 한 평 남짓한 화단이 눈에 띈다.

화단에는 작은 식물들이 심어져있다.

선인장, 양란, 허브, 맨드라미, 채송화 등등

화단 옆으로 작은 나무문이 하나 있는데 화장실 같았다.

하늘색 페인트칠을 한 단층 건물 가운데 알루미늄으로 된 청색 미닫이문을 열고 들어서니 서너 평정도 되는 거실이 나타났다.

거실에 붙은 주방에서 오른쪽에 방문이 하나 보이고 거실 끝으로 방문이 하나 보였다.

방이 두 개.

"어쩐 일이야?"

주방에서 음식을 준비하던 호리호리한 여자가 의외라는 듯 들어오는 무칠을 보고 물었다.

여자는 평범하게 생겼지만 왠지 눈매가 날카로워 보였다.

"그게. 저."

무칠은 뭐라 대답할 말이 금방 떠오르지 않아서 머뭇거렸다.

"바보야! 너의 마누라구나!"

영미가 알았다는 듯이 무칠의 얼굴을 톡톡 손바닥으로 치며 말했다.

"네! 네!"

무칠은 얼른 대답했다

"헉!……?"

무엇보다도 놀란 것은 주방에서 음식을 준비하던 무칠의 부인이다.

누가 감히 무칠의 뺨을 토닥거리며 바보라고 부르겠는가.

그것보다도 더욱 놀라운 것은 무칠이 굽실거리며 공손하게 대답한다는 것이다.

"뭐지! 대통령의 딸이라도 되나?"

무칠이 부인은 의혹의 눈길로 영미를 바라보았다.

"야! 뭐하냐? 냉큼 인사하지 않고!"

영미가 무칠의 부인에게 호통을 쳤다.

여전히 생글생글 웃은 얼굴로.

"뭐? 이년이!"

무칠의 부인 입에서 자기도 모르게 욕이 튀어나왔다.

"악!"

비명을 지르며 무칠이 얼른 달려가 부인의 입을 틀어막았다.

"얼른 인사드려."

무칠이 부인의 귀에 입을 대고 소근 거렸다.

"아, 안녕하세요?"

무칠이 부인은 영문도 모른 체 인사를 했다

"이리 와 봐!"

영미가 살며시 눈웃음을 치며 오른손 둘째손가락을 까딱거렸다.

무칠이 부인보고 가까이 오라는 것이다.

"저, 누님! 한 번만 봐주세요!"

무칠이 당황해서 부인 앞을 막아서며 영미를 보고 사정했다.

영미가 방금 자신에게 이년이. 라고 욕을 한 벌을 내리려는 것이라 생각해서 부인 앞을 막아선 것이다.

영미가 자신의 부인을 때리는 것도 문제지만 자신의 부인 성격을 잘 아는지라 맞으면 죽기 살기로 덤빌 것이기 때문이다.

"넌 비켜라!"

영미가 무칠이 얼굴을 손바닥으로 밀어버렸다.

무칠은 2미터 정도 밀려나 벽에 부딪혔다.

"허!"

기막힌 장면에 무칠이 부인은 할 말을 잊은 채 무칠이와 영미를 번갈아 바라보았다.

"자! 받아라! 앞으로 내가 먹을 밥값과 방세다!"

어느새 무칠이 부인 앞으로 다가온 영미가 무칠이 부인 손바닥에 돈을 한 뭉치 건네주었다.

"에. 방세? 밥값?"

무칠이 부인은 영문을 모르겠다는 투로 무칠을 바라보았다.

"아! 오늘부터 저 방에 묵을 누님이야! 잘 모셔라."

무칠이 거실 끝 방문을 가리키며 부인에게 눈을 찡긋거렸다.

이유를 달지 말고 잠자코 있으라는 신호다.

"누님이라니? 저 어린것이 누님?"

눈치 빠른 무칠이 부인은 그렇게 묻고 싶은 말을 목구멍에서 그냥 삼키며 고개를 끄떡거렸다.

"배고프니까 우선 밥 좀 먹자!"

영미가 털썩 방바닥에 앉으며 밥부터 차려오라고 재촉하고 있었다.

"헉!"

무칠이 부인은 안하무인 격인 영미가 괘씸해서 밥값이라도 제대로 내고 큰소리치는 것인지 손에 든 돈 봉투를 내려다보다가 깜짝 놀랐다.

"이, 이건 오만 원 권이 200장은 되겠다. 오만 원 권이 200장이면. 음. 그러니깐. 천만 원!"

잠시 머뭇거리며 돈을 계산해 본 무칠이 부인은 서둘러 음식을 차리기 시작했다.

천만 원이면 큰돈이다.

특히 무칠이 부인에게는 엄청난 돈이다.

늘 놀기만 하고 싸움질이나 하는 무칠이 결혼 후 아직까지 한 번도 갖다 주지 못한 큰돈이다.

"한 달에 그만큼씩 줄게! 대신 음식이 맛없으면 혼난다!"

영미가 무칠이 부인 속을 다 알고 있다는 듯이 생글생글 웃으며 말했다.

"누님! 걱정 마십시오! 우리 마누라 음식 솜씨는 끝내주거든요!"

무칠이 영미 맞은편에 앉으며 엄지손가락을 치켜세웠다.

"바보, 네 입맛에나 최고겠지! 난 입맛이 까다롭기로 천국성에서도 소문이 자자하거든! 히힛."

영미가 다시 생글생글 웃었다.

"천국성이 어디죠?"

무칠이 부인이 물었다.

"저기! 별나라!"

영미가 오른손으로 하늘을 가리키며 말했다.

"풋! 재미있는 아가씨네!"

무칠이 부인은 영미가 장난하고 있다고 생각했다.

무칠이 부인은 서둘러 음식을 차리며 곰곰이 생각했다.

한 달에 천만 원씩 준다는 영미의 말은 영미가 부잣집 딸이라는 증거이며 무칠이 굽신거리는 것을 보면 전부터 둘은 아는 사이거나 무칠이 영미가 누군지 알고 있다는 증거이기도 했다.

아무튼 무칠이 부인은 신났다.

큰돈이 생겨서 신났고.

무엇보다도 세상에서 가장 거칠고 못돼먹은 자신의 남편 무칠이 꼼짝 못 하는 사람이 어린 소녀라는 것에 더욱 신기하고 신났다.

"칵! 이걸 먹으라고? 오늘은 첨이니깐 참지만, 난 이런 음식은 못 먹어!"

영미가 앙칼지게 소리쳤다.

"죄송해요! 시장에 나가서 고기 좀 사다가 저녁반찬은 맛있게 해드릴게요!"

무칠이 부인이 안절부절못했다.

영미가 돈을 돌려달라고 할까 걱정이 됐기 때문이다.

"고기? 무슨 고기? 돼지고기? 닭고기?"

영미가 물었다

"네! 아무 고기나 아가씨가 좋아하는 걸로 사다가 해드릴게요!"

무칠이 부인이 얼른 대답했다.

"싫어! 난 고기는 싫어해! 야채와 생선을 좋아해! 알겠지?"

영미가 오른손을 휘휘 저으며 말했다.

"아! 아가씨는 채식주의자시군요?"

무칠이 부인이 물었다

"채식주의자? 그건 안 배웠는데. 무슨 뜻이냐?"

영미가 무칠이에게 물었다.

"고기를 싫어한다는 뜻이에요!"

무칠이 얼른 대답했다.

"어렵게 말하긴! 그냥 쉽게 말해!"

영미가 무칠이 부인을 바라보며 말했다.

"어떤 음식을 좋아하세요?"

무칠이 부인이 영미에게 물었다.

"된장찌개, 김치찌개, 고등어조림, 간장게장, 홍어찜 뭐 그런 거 다 좋아해!"

영미는 대답을 하면서도 열심히 밥을 먹고 있었다.

무척 배가 고팠던 모양이다.

"오빠! 이건 뭐야?"

강희가 녹색으로 코팅된 주전자를 만지작거리며 물었다.

"그건 음…… 차를 끓이는 주전자다!"

강철이 뭔가 한참을 생각하다가 대답했다.

"이것도 사자!"

강희가 주전자가 탐나는 모양이다.

"알았다!"

강철은 고개를 끄떡거렸다.

"이건! 뭐 하는 거야?"

강희는 알루미늄 노란 냄비를 들고 물었다.

"그, 그건. 찌개를 끓이는 냄비라는 것이다."

강철이 뭔가를 생각해서 떠올리며 대답했다.

"젠장. 그릇도 뭐가 이렇게 복잡해."

강철이 작은 소리로 투덜거렸다.

"새색시가 그것도 모르면 어떻게? 그건 라면을 끓여 먹으라는 추억의 양은 냄비야!"

옆에서 그릇을 고르던 아주머니가 한심하다는 투로 말했다.

"새색시? 내가?"

강희가 그게 무슨 뜻인지 몰라 아주머니를 쳐다보며 물었다.

"새신랑, 새색시 아닌가 봐!"

"그러게!"

어느새 몇몇 아주머니들이 모여들어 신기하다는 듯 한마디씩 떠들었다.

"아! 제 동생입니다!"

강철이 얼른 나서서 말했다.

"동생이래."

"뉘 집 자식들인지 잘생겼다!"

"아직 시장은 첨인가 봐! 그릇도 모르고 남자가 더 잘 아네!"

아주머니들이 한마디씩 떠들며 강철과 강희를 번갈아 쳐다봤다.

무슨 신기한 구경거리라도 생긴 듯 아주머니들이 하나둘 더 모이고 있었다.

아주머니들 호기심을 자극한 것은 강철이다.

너무 훤칠하고 잘생긴 외모에 백치 같은 소녀를 데리고 다니는 것이 더욱 호기심을 자극한 것이다.

그도 그럴 것이 강희는 도무지 아는 것이 없었다.

채소도. 음료수도. 화장품도. 심지어 쌀까지도.

하나하나 신기한 듯 강철에게 물어봤고 강철은 기억을 더듬어 대답해주고 있었다.

그런 모습이 아주머니들에겐 더욱 신기했다.

강철도 다 아는 것은 아니고 뭔가 생각해서 알려주는데 다 맞는 것도 아니었다.

"시장에 물건 사는 것 첨이유?"

조금 뚱뚱한 40대 아주머니가 강철에게 물었다.

"네! 실은 첨입니다!"

강철은 멋쩍은 미소를 지으며 대답했다.

"첨 이래!"

아주머니들이 다시 수근 거렸다.

"살림살이 장만하시려고? 그릇 좀 골라 드릴까?"

아주머니가 강철과 강희를 번갈아 바라보며 물었다.

"네! 고맙습니다!"

강철이 얼른 대답했다.

"이건 후라이팬. 이건 국자. 이건 주걱."

아주머니는 그릇을 하나하나 들고 알려주며 바구니에 담아주었다.

그때.

"아따! 뭐 구경거리 생겼나!"

굵직한 음성이 들리자 강철과 강희를 둘러싸고 있던 아주머니들이 순식간에 흩어져버렸다.

마치 징그러운 벌레가 다가와 도망치듯.

강철은 얼굴을 찡그렸다.

아주머니들이 서 있던 뒤편에서 고약한 냄새가 풍겨왔기 때문이다.

얼굴에 취기가 잔뜩 오른 40대 남자 두 명이 비틀거리며 다가오는 것이 보였다.

강철은 오른손엔 바구니를 들고 왼손으로 강희 손목을 잡고 얼른 두 남자가 오는 반대 방향으로 걸어갔다.

단 한 가지 냄새가 고약해서 피하는 것이었다.

"어이! 거기!"

두 남자 중 조금 뚱뚱한 남자가 강철과 강희를 부르며 빠르게 다가왔다.

"……!?"

강철은 걸음을 멈추고 돌아서서 남자를 바라보았다.

이마에서 목덜미까지 길게 이어진 칼자국이 마치 지렁이가 기어가는 듯 징그럽게 느껴지는 남자다.

"어른이 부르면 얼른 대답을 해야지 도망은. 크크…… 내가 무섭냐?"

남자는 강철을 징그럽게 바라보며 히죽 웃었다.

"아닙니다! 냄새가 고약해서."

강철은 사실대로 말했다.

"뭐? 냄새가 난다고?"

뒤따라온 남자가 버럭 화를 냈다.

얼굴엔 때 국물이 줄줄 흐르는 족제비처럼 생긴 남자다.

"더럽잖아요! 보면 몰라요! 자신들이 더 잘 알겠네!"

강희가 앙칼지게 소리쳤다.

오빠한테 시비를 거는 모양도 그렇고 생김새도 냄새도 맘에 들지 않았기 때문이다.

"이년이! 뭐라고 주둥이를 놀리노!"

칼자국이 있는 남자가 손바닥을 들고 강희를 금방이라도 때릴 듯이 자세를 취했다.

"강희야!"

강철이 입가에 미소를 지으며 강희를 다정하게 불렀다.

"응?"

강희가 강철을 바라보며 물었다.

"목욕을 안 하면 뭐가 필요하다 그랬지?"

강철이 눈을 찡긋거리며 물었다.

"비누!"

강희가 얼른 대답했다.

"옷이 더러우면 뭐가 필요하다 그랬어?"

다시 강철이 물었다.

"가루비누!"

강희가 그렇게 쉬운 걸 왜 묻느냐는 투로 대답했다.

"비누만 필요할까?"

강철이 다시 물었다.

"물이 있어야."

강희가 대답을 하며 두리번거렸다.

"앙. 얼른 챙겨와!"

강철이 고개를 끄떡이며 말했다.

"물은 많아야 하지?"

강희가 쪼르르 달려가서 생수를 4통 들고 강철 발밑에 놓고 다시 달려가며 물었다.

"그럼!"

강철은 당연하다는 듯 고개를 계속 끄떡거렸다.

생수를 20여 통 갖다가 놓고 가루비누를 한 통 갖다가 놓고서야 강희는 쭈그리고 앉아서 병마개를 열고 가루비누 박스를 뜯었다.

"오빠! 내가 세탁할게!"

강희가 강철을 바라보며 눈을 찡긋거렸다.

"오빠한테 배운 거 있지?"

강철이 알았다는 눈치를 보내며 물었다.

"알아!"

강희가 생긋 웃었다.

"이것들이 뭐 하는 거야!"

중년 남자 둘이 서로 얼굴을 바라보며 말했다.

"너희들 더러워서 씻어주려고!"

강희가 가루비누 박스를 들고 두 중년 남자에게 다가가며 말했다.

"이, 이년이! 미쳤나!"

중년 남자 둘은 강희가 미쳤다고 생각했다.

그러나

그런 생각은 그리 오래가질 못했다.

"헉!"

"이년이!"

두 중년 남자들이 기겁을 하며 소리쳤다.

강희의 몸이 희미한 그림자만 남긴 체 무서운 속도로 두 남자들에게 가루비누를 뒤집어씌우고 생수 통을 날라다가 머리에서부터 물을 뿌리기 시작했는데.

"어머나! 저게 뭐야! 사람이야 귀신이야!"

광경을 지켜보던 아주머니들이 한마디씩 했다.

엄청난 속도로 두 중년 남자들 주위를 돌며 물을 뿌리는데 강희의 모습은 그냥 희뿌옇게 그림자만 보일 뿐이었다.

"저것 봐! 저놈들이 얼빠졌나 봐!"

아주머니 하나가 두 중년 남자들을 가리키며 소리쳤다.

"헉! 왜 저래? 정말 얼빠졌나!"

다른 아주머니들도 두 중년 남자들을 보고 놀라서 한마디씩 떠들었다.

이상하게도 두 중년 남자는 두 눈만 이리저리 굴릴 뿐 움직이지 않았다.

입은 반쯤 벌렸는데 입에도 가루비누가 가득 들어가 있어서 하얗게 거품이 일고 있었다.

"오빠!"

두 중년 남자들에게 가루비누와 생수 20여 통을 쏟아 부은 뒤 강희가 강철을 불렀다.

"왜?"

강철이 물었다.

"양치질을 가루비누로 하면 더 깨끗해질 거야. 그치?"

강희가 두 중년 남자들 입에 거품을 가리키며 말했다.

"웅. 그럼! 그럼!"

강철은 당연하다는 듯이 고개를 까딱했다.

"주인께 청소비 드리고 우린 가자!"

강철이 강희의 손목을 잡고 카운터로 향했다.

"우아! 저 누나 대단하다! 날아다녀!"

초등학생쯤 된 남자아이가 소리쳤다.

"날아다녔어?"

아이의 손을 잡고 있던 아주머니가 물었다.

아이의 어머니 같았다

"응! 땅바닥에 발자국이 하나도 없잖아. 봐! 봐!"

아이는 손가락으로 가루비누가 하얗게 뿌려진 땅바닥을 가리키며 말했다.

"정말이네!"

아주머니들도 하나둘씩 땅바닥을 보며 신비하다는 듯이 한마디씩 했다.

정말 바닥엔 발자국이 하나도 남아있지 않았다.

"우리 저 형과 누나 어디에 사나 따라가 보자!"

아이들이 쪼르르 카운터로 달려가기 시작했다.

아주머니들도 하나 둘씩 카운터로 뛰어가기 시작했다.

신비한 두 남녀가 어디로 가는지 그 행방이 궁금하긴 어린이나 어른이나 마찬가지다.

"없다!"

카운터로 달려온 사람들 입에서 똑같은 목소리가 튀어나왔다.

분명 계산을 하는 걸 보고 달려왔는데 연기처럼 사라진 것이다.

"정말 귀신인가!"

사람들이 그렇게 수군거리고 있을 때.

"오빠한테 2시간 배운 솜씨 어때?"

어디선가 강희의 목소리가 들려왔다.

첫 목소리는 가깝게 끝은 아주 멀리서 들려왔다.

"두 시간 배웠대. 두 시간만 배우면 날아다니나!"

어린아이가 신기하다는 듯 중얼거렸다.

"아직 너무 느려!"

강철의 목소리가 희미하게 들려왔다.

"느리대! 날아다니는 언니가!?"

어린 소녀가 이상하다는 듯 고개를 갸우뚱거렸다.

2033년 지구이야기

헨리의 짝사랑.

헨리는 학교 수업이 끝나자 곧장 남산으로 올라갔다.

멀리 서울이 다 내려다보이는 곳에 서서 멍하니 서 있었다.

헨리의 마음속엔 오로지 영미 영상만 가득했다. 공부도 안 되고. 입맛도 없고. 밤에 잠도 제대로 못 잤다. 어느새 헨리 몰골은 중병을 앓는 환자처럼 변해 있었다. 그런 헨리를 지켜보는 그림자가 있었다. 두명이었다.

"저렇게 해서 보군의 어머님 약으로 쓸 수 있겠어요?"

아름다운 귀신 유유가 보군을 보고 물었다.

"갑자기 어찌 된 영문인지. 저 아이가 이제 16살인데 아직 2년을 더키워야 약으로 쓸 수 있는데 왜 중병을 앓고 있지?"

보군이 유유를 보며 물었다.

"모르겠어요. 어떤 여자아이를 짝사랑해서 그런 것 같은데."

유유가 말했다.

"어떤 여자아이인데? 찾아서 갖다 줄까?"

보군이 그까짓 것 쉽지 않느냐는 투다. 허나 유유는 심각한 표정으로 보군을 바라본다.

"누군지 알 수가 없어요. 아무리 저 아이 마음을 읽어 봐도 그 상대가 누구인지 알 수가 없어요."

유유가 고개를 가로저으며 말했다.

"어찌 그럴 수가? 상대가 누군지 모른다는 것은 허상을 짝사랑한다는 이야긴데. 그게 가능해?"

보군이 믿을 수 없다는 표정이다.

"저도 모르겠어요. 보군께서 알아보세요. 저러다 약으로도 못 쓰겠어요."

유유가 말했다.

"허……! 이런 일이. 얼른 병제께 여쭤봐야겠어요."

보군이 팍 하고 연기처럼 사라졌다. 이어서 유유도 사라졌다.

"흐흐…… 약으로 쓴다고? 저 헨리를? 그럼 경쟁자가 하나 저절로 사라지는 건가. 뭐 딱히 경쟁자라고 하긴 그렇지만. 벽화이도나 돼야 경쟁자라고 할 수 있지. 헌데 저놈들은 누구지? 인간들은 아니고. 허접한 인조인간 같은데. 무슨 약으로 쓰겠다는 것인지. 도통 모르겠다. 영미한테 물어봐야 알 것 같은데. 어디 가서 영미를 찾지."

마치 바람에 흔들리는 연기처럼 잠시 형상을 하고 중얼거리며 사라지고 있었다.

헨리는 아무것도 모른 채 먼 허공만 응시를 하다가 비틀거리며 걷기 시작했다. 정해진 목적지도 없이 그냥 발길 닿는 데로 무작정 걷고 있었다.

"헨리야!"

그렇게 듣고 싶었던 영미의 목소리가 뒤에서 들렸다. 헨리는 번개같이 돌아섰다. 그렇게 보고 싶었던 영미가 생글생글 웃고 서 있었다.

"영미야!"

헨리는 영미를 향해 달려갔다. 두 팔을 벌리고 영미를 힘껏 끌어안았다. 영미의 체취가 풍기며 같이 헨리를 힘껏 안아주었다. 헨리는 영미 볼에 자신의 볼을 비비며 눈물을 흘리고 있었다.

"보고 싶었어."

헨리는 속마음을 이야기하고 있었다.

"나도 보고 싶었어."

영미가 헨리에게 다정히 이야기했다. 헨리는 기뻤다. 마치 날아갈 기분이었다. 갑자기 몸이 붕 떠서 정말 날아갔다.

"악. 어이쿠."

헨리 몸이 길가 웅덩이에 처박히며 비명을 질렀다.

"영미는?"

헨리는 자신이 아픈 것보다 영미가 다쳤을까 봐 걱정부터 했다.

"……!?"

없었다. 아니 애초부터 영미는 없었다. 헨리 혼자 허상과 대화를 한 것이었다. 헨리는 뒤늦게 그걸 깨닫고 허탈하게 웃고 있었다.

"허허…… 내가 왜 이러지. 정신을 못 차리고. 정신 차리자. 영미는 바쁘다고 하는데. 기다려줘야지. 그게 남자지. 하하……."

헨리는 웅덩이에서 기어 나와 옷을 툭툭 털고 씩씩하게 걸어가기 시작했다.

"쪽."

소리가 나도록 누가 헨리 볼에 뽀뽀를 하고는 사라졌다.

"햐…… 또 그 영미 조카다. 정말 날 사랑하나 봐."

헨리가 자신의 볼을 만지며 다시 얼굴이 홍당무가 됐다.

우주에서 온 소녀의 21세기 암행어사 ❷

"지나가는 길이었나. 다시 사라졌네. 몇 살일까. 정말 날 좋아하는 것이면. 난 어쩌지. 영미를 좋아해야 해, 아니면 조카를 좋아해야 해."

헨리는 고민에 빠졌다.

인연.

장운은 오늘도 어김없이 미미를 찾아갔다.

허약하던 모습은 어디 가고 이젠 발걸음이 제법 가벼웠다.

"아직 멀었어! 콧등에 땀이 보이잖아. 오늘도 절벽을 날아오르는 연습을 계속해. 난 여기서 잠시 쉬고 있을게. 땡땡이치면 죽는다."

미미는 파란 두 눈을 무섭게 치뜨며 말했다.

"알았어. 열심히 할게."

장운은 제법 용기 있게 대답했다.

"오! 그 태도는 맘에 드네. 헌데 아직도 나에게 널 가르치라고 하신 분이 누구인지 말 안 하지?"

미미가 장운에게 물었다.

"정말 모른다니깐. 나는 그 분을 만난 적도 없어. 그러니 어찌 알겠어."

장운이 정말 모르는 눈치다.

"이상하다. 정말 모른다면 네가 누군데 널 가르치라고 했지. 그것도 3개월간 말이야. 정말 이상해."

미미가 모르겠다는 표정으로 혼자 중얼거렸다.

장운이 나가고 동굴로 들어오는 소녀가 있었다. 선리였다.

"오! 친구야."

미미가 앉은 자세로 그대로 날아가 선리를 두 팔로 안았다.

"켁켁. 숨 막혀."

선리는 미미가 반가워하는 행동이 좋으면서도 오두방정을 떨었다. 하는 행동이 꼭 영미 같다. 그러고 보니 선리는 영미를 많이 닮았다.

쪽. 쪽.

미미는 선리 볼에 뽀뽀를 두 번이나 하고 떨어졌다.

"히히…… 네가 고생하는 것 같아 김밥 가져왔다."

선리는 웃으며 들고 온 김밥을 풀어 미미 앞에다 놓았다.

"고맙다. 친구야. 헌데 난 정말 꼭 저 아이를 3개월간 가르쳐야 하는 것이지? 대가는 대가니깐."

미미가 김밥 하나를 입에 넣으며 선리에게 물었다.

"대가라 생각하지 말고 저 허약한 아이 돕는다고 생각하면 편하지."

선리가 입가에 미소를 지으며 말했다.

"헌데 정말 그분에 대해선 조금도 말 안 할 거지? 궁금해 미치겠네. 남자야 여자야?"

미미가 정말 궁금한 모양이다.

"여자 분이고 나이는 우리보다 어려. 아주 예쁘시고."

선리가 말했다.

"오! 그래? 꼭 동생 삼아 버려야지."

미미가 두 눈은 반짝이며 말했다.

"그래. 꼭 그러길 빌게."

선리가 말했다.

"와! 오늘 김밥은 더욱 맛있다. 난 선리 네가 만들어주는 김밥이 세상에서 제일 좋아. 너도 제일 좋고."

미미가 진심으로 말하고 있었다. 그런 미미의 마음을 잘 아는 선리 역시 미미가 점점 좋아지고 있었다.

"그분과 장운 이 아이는 어떤 관계지?"

미미가 다시 궁금한 것을 물었다.

"전혀. 관계가 없는 것으로 알아. 그 이상 나도 모르고."

선리는 진심으로 말했다. 그런 선리 진심을 미미는 이미 알고 있었다. 그만큼 미미 아이큐가 높기 때문이다. 미미는 선리가 거짓말을 안하는 것을 알고 더욱 선리를 좋아하는 것이다.

서로 진심으로 대하는 미미와 선리. 둘의 인연은 이렇게 계속된다.

주인공 이야기

"요것들을 어디 가서 찾지! 잡히기만 해봐라 죽여 버린다!"

얼굴에 칼자국이 길게 난 40대 남자는 아침 일찍부터 f 마트 주변을 서성거리고 있었다. 어제 가루비누를 뒤집어씌운 강희와 강철을 찾고 있었다.

"숨어서 기다려야지. 이렇게 나돌아 다니면 놈들이 나타 나냐? 이리 와!"

족제비처럼 생긴 40대 남자는 얼굴에 선글라스까지 끼고 f 마트가 보이는 골목길에 숨어서 칼자국 남자를 부르고 있었다.

"무칠이에게는 연락을 했어?"

칼자국이 난 40대 남자가 족제비 같이 생긴 남자 곁으로 걸어오면서 물었다.

아마도 무칠이와 잘 아는 사이 같았다.

도움을 청한 것이리라.

"좀 있으면 올 거야! 넌 광태한테 연락했겠지?"

족제비처럼 생긴 남자가 물었다.

"이미 마트 안에서 돌아다니고 있어!"

칼자국이 난 남자가 어깨를 으쓱하며 말했다.

어제 그 두 남녀를 만나면 충분히 복수를 할 수 있다고 자신했다.

잡아서 몇 배로 복수를 해주리라 마음속으로 다짐을 했다.

"형님들! 절 부르셨습니까?"

20여 미터 앞 골목길에서 무칠이 걸어오며 꾸뻑 인사를 하고 말했다.

"오! 무칠이 왔구나! 오늘 손을 좀 봐줄 연놈들이 있어서."

칼자국이 난 40대 남자가 더 이상 말을 하려니 자존심이 상한다는 듯 입을 다물었다.

"어떤 놈들인데? 형님들이 당했단 말입니까?"

무칠은 이해할 수 없다는 투로 물었다.

무칠이 아는 한 중년 남자 둘을 이곳 중곡동에서 괴롭힐 사람들은 없었다.

경찰들까지도 내놓은 물건들이고.

폭력배들조차 상대하기를 꺼리는 양아치들이었다.

그런 두 40대 남자가 겨우 어린 남녀한테 당했다는 말을 들었고.

누군가 어린 소녀 한 명한테 당했다고 귀띔을 해줬다.

무칠은 마음 한쪽에서 자신과 같다는 생각이 들기도 했다.

혹시 자신과 같이 영미한테 당했나 하고 생각을 했지만 두 중년 남자들이 당했던 시간에 영미는 자신의 집에서 밥을 먹고 있었다.

그러므로 영미는 아니었다.

특히 소녀가 날아다닌다는 소문이 돌고 있었다.

무칠은 힐끗 f 마트 길 건너편 3층 옥상을 바라보았다.

"진을 치고 있군!"

무칠은 f 마트 정문 앞 1층 분식집을 보며 쓴웃음을 지었다.

f 마트를 중심으로 정문 3층과 1층 분식집과 옆 생선가게 등에 카메라를 든 사람들이 도사리고 있는 모습이 보였다.

소문들 듣고 특종을 찾으려 몰려온 기자들이었다.

"소문 참! 엄청 빠르다!"

무칠은 골목길에 몸을 숨기며 중얼거렸다.

아차산

아름드리 큰 소나무가 남쪽으로 쓰러질 듯 굵고 긴 가지들을 뻗고 넓은 그늘을 만들어 놓았다.

사람들 발길이 오랫동안 닿지 않은 듯 바닥엔 잡초들이 무성했다.

10여 미터 높은 소나무 가지위엔 하얀 옷을 입은 여인이 가느다란 나뭇가지를 사뿐히 밟고 서 있었다.

강희다.

"발에 힘을 빼고. 몸을 깃털처럼 가볍게 하고."

강희 뒤쪽 굵은 소나무 가지엔 강철이 두 손으로 베개 삼아 드러누워서 강희를 보며 말했다

무엇인지 가르치는 모양이다.

"어제 넌 발가락 끝이 땅바닥에 살짝 닿았다! 절대 땅에 발이 닿아선 안 된다!"

강철은 솔잎을 하나 입에 물고 질근질근 씹으며 말했다.

"시작해라!"

강철이 말했다.

휘잉

바람이 불었나.

없다.

강희가 바람에 날린 듯 사라져버렸다.

"좋다! 그렇게 해야 한다! 앞으로 나를 대신해서 네가 정면에 나서야 한다! 난 모습을 드러내면 안 되기 때문이다. 네가 오빠의 보디가드 다!"

강철이 중얼거렸다.

"또한 내가 없어도 넌 스스로 살아가야 하므로 열심히 배워라!"

강철이 다시 중얼거렸다.

휘잉.

바람이 일고 강희의 모습이 처음 그 자리에 나타났다.

"틀렸다! 나뭇가지가 흔들렸다! 다시!"

강철이 작은 소리로 말했다.

"알았어!"

강희가 짧게 대답하며 숨을 고르기 시작했다.

휘잉.

작은 나비 한 마리의 날갯짓처럼 너무도 조그만 바람이 일고.

강희 모습은 다시 살아졌다.

"또 틀렸다! 바람이 느껴져."

강철이 투덜거렸다.

"경공술 하나 배우는 데 몇 시간 걸리는 거야! 벌써 6시간째다!"

강철이 다시 못마땅하다는 투로 말했다.

"다시 할게!"

강희가 풀죽은 목소리로 말했다.

한참을 숨을 고르며 정신을 가다듬던 강희는 어느 한순간 촛불이 꺼지듯 그 자리에서 사라져버렸다.

"허! 드디어 성공했구나! 이제 1단계는 배웠다. 모두 33단계. 그중 1단계를 가르치는 데 6시간이나 허비했다!"

강철이 벌떡 일어섰다,

"오빠! 그래도 나 잘했지?"

어느새 강철 옆에 나타난 강희가 살짝 미소를 지으며 애교를 부렸다.

"잘했다! 오빤 6살 때 2시간 만에 1단계를 통과했다. 6시간이나 걸리고선."

강철이 못마땅하다는 투로 말했다.

"햐! 6살 때 2시간. 그럼 오빠 지금 33단계 다 마쳤어?"

강희가 놀랍다는 뜻이 물었다.

"11살 때 다 마쳤다!"

강철이 어깨를 으쓱거리며 말했다.

"오빠! 시범 한 번만 보여줘!"

강희가 강철의 팔을 잡아당기며 아양을 떨었다.

"오빠! 한 번만! 응? 헉."

다시 애교를 부리던 강희는 깜짝 놀랐다 갑자기 손이 허전한 느낌이 들어 강철의 팔을 붙들고 있던 손을 바라본 강희는 강철이 사라졌다는 것을 알았다.

"어, 언제"

강희는 어이가 없었다.

분명히 붙들고 있었는데 사라졌기 때문이다.

"헉!"

강희는 다시 소스라치게 놀랐다.

손끝을 바라본 강희는 강철이 그냥 그 자리에 있었던 것처럼 강희의 손에 팔을 붙들린 체 서서 웃고 있었기 때문이다.

"이건! 몇 단계야?"

강희가 두 눈을 반짝이며 물었다.

"3단계다! 네가 배울 단계야!"

강철이 대답했다.

강희에게 3단계까지 가르칠 모양이다.

"헤헤."

강희는 좋아서 팔짝팔짝 뛰었다.

"이젠 밥 먹으러 내려가자 배고프다."

강철이 말이 들리는가 싶더니 어느새 둘은 연기처럼 사라졌다.

"f 마트에 가서 통조림 사다가 반찬 해서 먹자! 그거 맛있다던데."

강희 목소리가 점점 작아지며 들렸다.

"헉!"

골목길에서 주위를 살피던 무칠이는 뭔가를 발견하고 소스라치게 놀랐다.

f 마트 입구로 들어가는 소녀.

바로 영미를 발견했던 것이다.

영미 옆에는 무칠이 부인이 시장바구니를 들고 있었다.

아마도 시장을 보러 나온 모양이다.

"저거 무칠이 마누라 아니야!?"

족제비처럼 생긴 중년 남자가 말했다.

"저 아가씨는 또 누구야? 무슨 아가씨가 눈이 저렇게 커? 얼굴의 4분지 1은 눈이네. 특이하게 예쁘네."

칼자국이 있는 중년 남자가 영미를 보며 말했다.

"저희 집에서 하숙하는 아가씹니다!"

무칠이 간단하게 대답했다.

시시콜콜 자꾸 물어보면 영미에게 자신이 당했다는 말까지 해야 하기 때문이다.

"무칠이 마누라가 마치 윗사람 대하듯 하는데."

족제비 같이 생긴 중년 남자가 무칠이 부인이 영미한테 대하는 태도를 보고 중얼거렸다.

무칠이 부인은 누가 봐도 영미를 윗사람 대하듯 길을 안내하며 굽실굽실하는 모습이 마치 높으신 분 따님 대하듯 했다.

"하숙비를 많이 냈거든요!"

무칠은 중년 남자들 입을 막으려고 얼른 대답했다.

"그래! 무칠이 마누라가 저렇게 굽실굽실하는 걸 보면 많이 낸 모양이군!"

칼자국이 난 중년 남자가 중얼거렸다.

다행히 더 이상 궁금해 하지도 않았고 질문도 하지 않아서 무칠은 다행이라고 생각했다.

양아치 같은 사람들이라서 하숙비를 1천만 원 냈다는 것만 알아도 한턱내라고 귀찮게 할 게 뻔했다.

집으로 쳐들어와서 영미 얼굴도 보려고 할 것이고 영미한테 또 당할 게 뻔했다. 그것만은 막아야 했다.

무칠이 부인과 영미가 나란히 f 마트로 들어가고 1분도 채 안 돼서 강희가 나타났다.

"저기! 저년이다! 혼자네!"

족제비같이 생긴 중년 남자가 마치 먹잇감을 발견한 늑대처럼 울부짖었다.

강철은 어디 가고 강희 혼자서 f 마트로 빠르게 뛰어가고 있었다.

무칠이와 두 중년 남자가 강희 뒤를 쫓아 f 마트로 뛰어가자 여기저기서 진을 치고 있던 기자들도 바쁘게 움직였다.

"쳇! 달랑 요거 한 장주고 통조림 사 오라고 시키다니! 다른 것도 사먹어야 하는데."

강희는 강철이 준 돈을 오른손 엄지와 둘째손가락으로 들고 흔들며 투덜거렸다.

오만 원 권.

그러나 강희는 아직 돈을 모른다.

이게 얼마짜리인지 아직은 한 번도 사용해 본 적이 없어서 오만 원이면 큰돈이란 사실을 몰랐다.

마트 안을 빠르게 들어가 달랑 고등어 통조림 하나를 들고 카운터로 다가온 강희는 돈을 카운터에 던지듯 주고 밖으로 나가버렸다.

"소, 손님! 잔돈 가져가셔야죠!"

마트 주인이 얼른 잔돈을 들고 강희를 쫓아 나왔다.

"호호호…… 요년! 잘 만났다!"

밖으로 나온 강희 앞을 무칠이와 두 중년 남자가 막아섰다.

"햐! 어제 그! 더러운 사람들이네! 세탁을 해줬더니 이젠 조금 깨끗
해 보이네!"

강희가 통조림을 든 오른손으로 두 중년 남자를 가리키며 신기한
듯 눈을 반짝거렸다.

"햐! 기막힌 미녀다!"

무칠은 강희를 바라보며 입을 다물지 못했다.

우르르 몰려온 기자들이 카메라를 강희에게 들이댔다.

"손님! 자, 잔돈!"

마트 주인이 강희에게 잔돈을 내밀었다.

"자, 잔돈이요? 전 하나만 드렸는데…… 많이 주시네요?"

강희는 돈을 받지 않고 마트 주인을 보며 이상하다는 듯 중얼거렸다.

"아가씨가 낸 돈은 오만 원 권이잖아요. 통조림은 겨우 3,000원짜리
고 그러니 잔돈 4만 7천원을 받아 가셔야죠!"

마트 주인은 강희가 아직 돈을 잘 모른다는 것을 대충 눈치 채고 자
세히 설명했다.

어제 청소비며 물건 값을 강철이 치르고 나갈 때

"오빠 돈을 3장 줬는데 주인아주머니는 왜 5장이나 줘?"

강희가 그렇게 신기한 듯 강철에게 묻는 말을 마트 주인은 기억하고
있었다.

"그런 거예요? 몰랐네! 내가 드린 게 큰돈이구나!"

이제야 알았다는 듯 강희가 두 눈을 반짝거렸다.

"미친년! 돈도 모르나!"

얼굴에 칼자국이 난 중년 남자가 마트 주인이 강희에게 내민 돈을 얼른 가로채며 강희 멱살을 움켜잡았다.

아니 그렇게 했다고 본인만 생각했다.

"헉! 이게!"

칼자국이 난 중년 남자는 물론이고 무칠이를 비롯해 족제비같이 생긴 남자와 기자들까지 깜짝 놀랐다.

휘잉.

한 마리 나비인가.

마트 주인이 내민 돈을 어느새 받아 들고 칼자국이 난 중년 남자의 손을 피해 저만치 물러나서 생글생글 웃고 있는 강희가 보였다.

"날아갔다!"

누군가 소리쳤다.

"광태야! 저년 잡아!"

족제비 같이 생긴 중년 남자가 소리쳤다.

강희 뒤쪽으로 뚱뚱한 남자가 어디서 났는지 1미터는 됨직한 손목 굵기의 각목을 들고 강희 뒤로 살금살금 다가오고 있었다.

"멍청이! 몽둥이로 뭐 하려고?"

장난기 어린 목소리가 들리는가 싶더니 강희 뒤로 살금살금 다가오던 광태라는 뚱뚱한 남자가 짧은 비명을 지르며 넘어졌다.

"윽!"

넘어진 광태라는 남자 배 위에 어디서 나타났는지 어린 소녀가 생글생글 웃고 있었다.

영미다.

"남자가 여자를 상대로 몽둥이나 들고…… 쯧쯧……."

영미는 한쪽 발로 광태라는 남자의 얼굴을 누르며 장난스럽게 말했다.

"헉!"

누구보다 놀란 것은 무칠이다.

영미를 발견한 무칠은 똥마려운 강아지처럼 슬금슬금 뒷걸음질 치고 있었다.

"이, 이게!"

광태라는 남자는 그 뚱뚱한 몸을 움직여 영미를 밀치고 일어서려고 안간힘을 쓰지만 일어설 수가 없었다.

마치 천근이나 되는 쇳덩이에 눌린 듯.

"돼지처럼 처먹기도 많이 해서 통통하게 살쪘네! 그래서 쿠션이 좋아!"

영미는 광태라는 남자 배 위에 서서 통통 뛰며 중얼거렸다.

"언니야!"

영미가 강희를 불렀다

"왜?"

강희가 두 눈에 반짝, 이채를 발하며 물었다.

영미가 무슨 말을 하려는 지 이미 알고 있는 눈치다

영미는 강희가 이미 눈치 챘다는 걸 알고 고개만 끄떡거렸다.

"알았어! 머리에 혹만 하나씩 만들어 줄게!"

강희가 살짝 입가에 미소를 지었다.

"3분의 1만 힘을 주고. 허리에 힘을 빼고. 손에 든 것으로 머리 가운데를."

영미는 남들이 알아듣지 못하는 말을 강희한테 하고 있었다.

강희는 고개를 끄떡거렸다.

무슨 뜻인지 알았다는 것일까.

휘잉.

강희 모습이 사라졌다.

"윽!"

"큭!"

짧은 비명이 두 마디 터졌다.

족제비처럼 생긴 남자와 칼자국이 난 남자가 머리를 움켜쥐고 고통스러워했다. 강희 모습은 어디에서도 찾을 수 없었다.

"고마워. 헌데 어떻게 2단계를 알아?"

점점 멀어져가는 강희 목소리만 들릴 뿐.

"오빠가 제자를 키우는군! 킥킥"

영미는 혼자 웃으며 광태라는 남자의 배 위에서 걸어 내려왔다.

"바보야! 이리 와!"

영미가 무칠을 발견하고 오른손을 들어 손가락을 까닥거렸다.

"으이그."

무칠은 비실비실 도살장에 끌려가는 강아지처럼 영미한테 다가왔다.

"너! 한 번만 더 이 멍청이들과 어울리면 죽는다!"

영미가 광태라는 남자 배를 발로 툭툭 차며 말했다.

"네! 네!"

무칠은 작은 소리로 얼른 대답했다.

"아가씨! 물건 다 샀으니 가요!"

무칠이 부인이 마트를 나오며 영미를 발견하고 말했다.

강희를 쫓던 기자들은 하나둘 흩어지고 시장 바닥에서 창피를 당한 중년 남자들도 자취를 감췄다.

영미가 무칠이 부부와 함께 사라진 직후.

"영미. 네가 왔구나."

강철이 언제 나타났는지 영미가 있던 자리에 서서 중얼거렸다.

"사람의 욕심은 끝이 없거늘. 누굴 탓하랴. 불쌍한 영미만 마음고생이 심하겠구나!"

강철은 탄식하듯 혼자 중얼거리고 있었다.

"선조님의 유지를 받들려고 온 나를. 기회로 삼았군! 불쌍한 영미. 선조님들! 보고 계십니까? 우려했던 일이 생겼습니다. 그러나 제가 누굽니까! 반드시 선조님들 유지도 받들고 천국성의 평화도 지킬 것입니다!"

강철은 하늘을 쳐다보며 혼자 중얼거리다가 돌연 사라져버렸다.

"그럼! 오빠는 누구야?"

강희가 강철을 빤히 바라보며 물었다.

"그렇게 떠난 소연 할머니는 돌아오시지 않았다!"

강철은 강희에게 천국성의 100년 전 이야기를 들려주고 있었다.

"소연 할머니? 아가씨라며?"

강희가 이상하다는 듯이 고개를 갸우뚱하며 물었다.

"100년 전 일이다! 아마도 武門(국방의 문)에서 손을 쓴 것이 아니면 無門(비밀문)에서 보낸 자가 배신을 한 것이라 생각만 할 뿐 증거가 없다! 그래서 100년이 더 지난 지금 내가 다시 온 것이다!"

강철이 설명했다.

"100년 전이라면? 오빠한테 할머니가 맞긴 맞네. 히히…… 그런데 국방의 문이 손을 쓴 것이라고 왜 생각해?"

강희가 다시 물었다.

"네가 f 마트에서 통조림 사서 오다가 어제 그 지저분한 사람들 만났을 때. 뒤에서 몽둥이 들고 오던 사람 뉘어 놓고 장난치던 여자아이 기억하지?"

강철이 물었다.

"응! 그런데?"

강희가 다시 되물었다.

"그 아이가 영미라고 이제 16살인데 천국성에서 가장 무서운 아이야! 武門(국방의문) 후계자이면서 무예가 천국성에서 가장 뛰어나고 없는 듯 보이만 몸에 신비의 무기를 20여 종류를 지니고 다니는 걸어 다니는 무기가 그 아이다. 아마 날 죽이라는 명을 받고 왔을 것이다!"

강철이 말을 하면서도 어딘지 애석하다는 눈빛이다.

강철이 가장 아끼고 귀여워해 주는 아이가 영미였기에 더욱 그랬다.

"그럼 어떻게? 오빠를 죽이면?"

강희가 금방이라도 울 것 같은 표정이다.

"그 아이는 오빠를 죽이지 못한다!"

강철이 확신하는 표정으로 말했다.

"왜?"

강희가 얼른 물었다.

"그 녀석이 날 좋아하거든! 나도 그 녀석을 좋아하고. 하하……."

강철이 호탕하게 웃었다.

밖에서 누군가 엿듣고 있는 것을 눈치 챘기 때문이다.

강철은 그가 영미라는 것을 알았다.

영미는 강철의 웃음소리를 듣고 활짝 웃으며 무칠이네 집으로 돌아왔다.

"오빠도 날 좋아한다고! 그래, 그랬어! 내가 밖에서 듣고 있다는 걸 눈치 채고 말았어. 내가 순간 방심을 하긴 했지만 강철 오빠도 그만큼 고수라는 이야기지. 허나 조금은 괘씸한 오빠야. 뭐, 자기도 날 좋아한다고? 분명 그 말은 가식이었어. 진심이 아니었어. 그럼 뭐야? 오빤 날 좋아하지 않는다. 다만 나를 안심시키고 자기편에 끌어들이려 날 들으라고 가식을 떤 것이란 말이야? 킥킥…… 아무렴 어때. 날 좋아하게 될 텐데."

영미는 혼자 생글생글 웃고 있었다.

"으이구."

영미가 생글생글 웃는 모습을 본 무칠은 사시나무 떨듯 부르르 떨었다.

"저렇게 웃으면 무서운데."

무칠이 생각이다.

"오빤 몰라! 우리 武門에서만 오빠를 노릴까? 아냐! 다음 황제 자리를 노리는 사람들은 많아! 그리고 그자들은 오빠 곁에 있어!"

영미는 혼자 중얼거리며 웃었다 인상을 썼다 표정이 수시로 변했다.

그런 영미 때문에 혼자서 북 치고 장구 치고 사시나무 떨듯 겁에 질려 있는 건 오로지 무칠이 혼자다.

"난 지금부터 할머니 명을 어기고 오빠를 지켜줄 거야! 내가 조사한 대로라면 의학문, 상인문, 비밀문까지 오빠를 노리고 있어! 그렇지만 그들은 모르는 것이 하나 있지! 큭큭큭…… 바로 나와 오빠야! 나도 오빠의 능력을 모르거든! 그들이 알기나 할까! 나보다 더 무서운 사람이 오빠라는 사실을…… 뭐? 천국성에서 가장 무섭고 무예가 뛰어난 사람이 나라고? 웃기는 소리."

영미는 뭐가 그렇게 즐거운지 키득키득 웃었다.

"엥! 키득키득 웃는 건 첨인데! 좋은 건가! 나쁜 건가! 나쁜 것이라면 우리 가족은 다 죽었다! 으으……."

무칠은 영미 표정을 살피며 오들오들 떨고 있었다.

"또한 다들 모르는 것이 하나 있어! 농업문이나 상인문, 공업문은 그냥 장사나 하고 농사나 짓고 물건이나 만들까? 모르는 소리 다들 제 살 궁리는 다 한다고. 자신을 지키기 위해 모두 비밀조직을 하나씩은 양성하고 있지! 그걸 모른단 말이야 바보들!"

영미는 다시 생글생글 웃었다.

무칠이 혼자 벌벌 떠는 모습은 못 보고.

〈3권으로〉